D0790765

VICTOR, DE LA BRIGADE MONDAINE

Fils d'un entrepreneur de constructions navales, Maurice Leblanc est né à Rouen en 1864. Il étudie le droit, travaille chez son père, puis se lance dans le journalisme. Il a déjà écrit des romans classiques quand paraît en 1907 son premier ouvrage «policier»: *Arsène Lupin gentleman-cambrioleur*.

Le personnage devient immédiatement populaire et son créateur en fait le héros d'une longue série d'aventures dont le public suit avec enthousiasme les péripéties depuis l'humoristique *Arsène Lupin contre Herlock Sholmes* (1908) ou les grandes réussites de *L'Aiguille creuse* (1909), *Le Bouchon de cristal* (1912) ou *Les Huit Coups de l'horloge* (1921) — pour ne citer que les plus célèbres — jusqu'à *La Cagliostro se venge* (1935), soit plus de trente récits.

Théâtre, cinéma, radio ont accaparé aussi ce héros agile et joyeux, toujours prêt à la blague comme à la bonne action, tantôt chef de bande, tantôt acteur en solo des entreprises les plus téméraires, se riant de la police ou, l'âge venant, se substituant à elle comme détective selon son humeur, mais à jamais cambrioleur... et gentleman.

Maurice Leblanc, frère de la comédienne Georgette Leblanc (qui fut l'interprète des œuvres de Maurice Maeterlinck), est mort en 1941 à Perpignan.

Paru dans Le Livre de Poche :

MAURICE LEBLANC

Victor, de la Brigade mondaine

LE LIVRE DE POCHE

Victor, de la Brigade mondaine, à qui le vol des Bons de la Défense nationale, le double assassinat du père Lescot et d'Élise Masson, et sa lutte opiniâtre contre Arsène Lupin, ont valu une telle renommée, était, avant cette époque, un vieux policier, habile, retors, hargneux, insupportable, qui faisait son métier en amateur, quand « ça lui chantait » et dont la presse avait eu maintes fois l'occasion de signaler les procédés singuliers et la manière un peu trop fantaisiste. Le préfet s'étant ému de certaines réclamations, voici la note confidentielle qui lui fut communiquée par M. Gautier, directeur de la Police judiciaire, lequel ne manquait jamais de soutenir son subordonné.

« L'inspecteur Victor, de son vrai nom Victor Hautin, est le fils d'un procureur de la République, mort à Toulouse, il y a quarante ans. Victor Hautin a passé une partie de sa vie dans les colonies. Excellent fonctionnaire, chargé des missions les plus délicates et les plus périlleuses, il fut souvent déplacé à la suite de plaintes portées contre lui par des maris dont il séduisait les femmes, ou des pères dont il enlevait les filles. Ces scandales l'empêchèrent de prétendre aux postes élevés de l'administration.

« Plus calme avec les années, ayant hérité une jolie

fortune, mais désireux d'occuper ses loisirs, il se fit recommander à moi par un de mes cousins résidant à Madagascar, qui tenait Victor Hautin en grande estime. De fait, malgré son âge, malgré son indépendance excessive et son caractère ombrageux, c'est un auxiliaire précieux, discret, sans ambition, peu soucieux de réclame, et dont j'apprécie vivement les services. »

À parler franc, lorsque fut rédigée cette note, la renommée de Victor n'excédait pas le cercle restreint de ses chefs et de ses collègues. Il fallut, pour le mettre en évidence, qu'apparût brusquement en face de lui cet extraordinaire, ce formidable personnage d'Arsène Lupin, qui allait donner à la ténébreuse affaire des Bons de la Défense, sa signification et son intérêt spécial. On dirait que les qualités déjà remarquables du vieil inspecteur furent soudain portées à leur maximum par le prodigieux adversaire que lui opposaient les circonstances.

C'est la lutte sournoise, ardente, implacable, haineuse, qu'il poursuivit, dans l'ombre d'abord, puis en pleine clarté, et c'est le coup de théâtre inattendu à quoi cette affaire aboutit, qui, tout en ajoutant encore au prestige de Lupin, rendirent célèbre, dans le monde entier, le nom de Victor, de la Brigade mondaine.

CHAPITRE PREMIER

IL COURT, IL COURT, LE FURET...

1

Ce fut bien par hasard que Victor, de la Brigade mondaine, entra, cet après-midi de dimanche, au Ciné-Balthazar. Une filature manquée l'avait fait échouer, vers quatre heures, sur le populeux boulevard de Clichy. Pour échapper à l'encombrement d'une fête foraine, il s'était assis à la terrasse d'un café, et, parcourant des yeux un journal du soir, il avait lu cet entrefilet :

« On affirmait ces jours-ci que le fameux cambrioleur Arsène Lupin, qui, après quelques années de silence, fait beaucoup parler de lui actuellement, aurait été vu mercredi dernier dans une ville de l'Est. Des inspecteurs ont été envoyés de Paris. Une fois de plus, il aurait échappé à l'étreinte de la police. »

« Salaud ! » avait murmuré Victor, en policier rigide qui considère les malfaiteurs comme autant d'ennemis personnels, et s'exprime à leur égard en termes dépourvus d'aménité.

C'est alors que, d'assez mauvaise humeur, il s'était réfugié au cinéma, où se donnait, en seconde matinée, un film très couru d'aventures policières. On le plaça aux fauteuils de balcon, sur le côté. L'entracte tirait à sa fin. Victor maugréait, furieux maintenant de sa décision. Que venait-il faire là ? Il allait repartir et se levait déjà, lorsqu'il aperçut, seule dans une loge de face, donc à quelques mètres de lui, une femme très belle, au visage pâle et aux bandeaux roux d'un reflet fauve. Elle était de ces admirables créatures vers qui tous les regards sont attirés, bien que celle-ci ne cherchât à capter l'attention ni par sa façon de se tenir ni par le moindre geste de parade.

Victor resta. Avant que la nuit brusque ne tombât dans la salle, il eut le temps d'enregistrer le reflet fauve des bandeaux et l'éclat métallique de deux yeux clairs, et, sans se soucier que le film l'ennuyât avec ses péripéties extravagantes, il patienta jusqu'au bout.

Non pas qu'il fût encore à l'âge où l'on se croit capable de plaire. Non. Il connaissait fort bien son âpre figure, son air peu aimable, sa peau rugueuse, ses tempes grisonnantes, bref cet ensemble revêche d'ancien adjudant de cavalerie qui aurait dépassé la cinquantaine, et qui chercherait à faire de l'élégance avec des vêtements trop ajustés à la taille et sentant la confection. Mais la beauté féminine était un spectacle dont il ne se lassait pas et qui lui rappelait les meilleures émotions de sa vie. En outre, il aimait son métier, et certaines visions lui imposaient le désir de discerner ce qu'elles cachaient de mystérieux, de tragique, ou même, parfois, d'infiniment simple.

Quand la lumière jaillit de nouveau et que la dame fut debout, en pleine clarté, il constata qu'elle était de haute taille, d'une grande distinction, et fort bien habillée, considérations qui ne firent que le stimuler. Il voulait voir, et il voulait savoir. Donc, il la suivrait, autant par curiosité que par intérêt professionnel. Mais, au moment où il commençait à se rapprocher, il se produisit, au-dessous du balcon, parmi la masse des spectateurs qui s'écoulaient, un tumulte soudain. Des cris s'élevaient. Une voix d'homme hurla :

«Au voleur ! Arrêtez-la ! Elle m'a volé ! »

La dame élégante se pencha sur l'orchestre. Victor se pencha aussi. En bas, dans le passage central, un jeune homme, petit et gros, gesticulait, la figure contractée, et se démenait furieusement pour fendre les rangs pressés qui l'entouraient. La personne qu'il essayait d'atteindre et de désigner de son doigt tendu devait être assez loin, car ni Victor ni aucun des spectateurs ne remarquèrent qu'une femme courût et tâchât de se sauver. Cependant, il vociférait, haletant, dressé sur la pointe des pieds, avançant à coups de coude et d'épaule :

«Là-bas !... là-bas !... elle franchit les portes... des cheveux noirs... un vêtement noir... une toque... »

Il suffoquait, incapable de donner un renseignement qui permît d'identifier la femme. À la fin, il bouscula les gens avec une telle violence qu'il réussit à se frayer un chemin et à bondir dans le hall d'entrée, jusqu'aux baies des grandes portes ouvertes.

C'est là que Victor, qui n'avait pas attendu plus longtemps pour descendre l'étage du balcon, le rejoignit et l'entendit qui proférait encore :

«Au voleur ! arrêtez-la ! »

Dehors crépitaient tous les orchestres de la fête foraine, et l'ombre du soir naissant s'illuminait d'une clarté toute vibrante de poussière. Affolé, ayant sans doute perdu de vue la fugitive, le jeune homme, deux ou trois secondes immobile sur le trottoir, la cherchait des yeux, à droite, à gauche, en face. Puis, brusquement, il dut l'apercevoir et courut vers la place Clichy, se glissant au milieu des autos et des tramways.

Il ne criait plus, maintenant, et filait très vite, en sautant parfois comme s'il espérait surprendre de nouveau, parmi les centaines de promeneurs, celle qui l'avait volé. Cependant, il avait l'impression que, depuis le cinéma, quelqu'un courait également, presque à son côté, et cela devait l'encourager, car il redoublait de vitesse.

Une voix lui dit :

« Vous la voyez toujours ?... Comment diable pouvez-vous la voir ?... »

Essoufflé, il murmura :

« Non... je ne la vois plus. Mais elle a sûrement pris cette rue-là... »

Il s'engageait dans une rue bien moins fréquentée, où il eût été impossible de ne pas discerner une femme qui eût marché à une allure plus rapide que les autres promeneuses.

À un carrefour, il ordonna :

« Prenez la rue de droite... moi, celle-ci. On se retrouvera au bout... Une petite brune, habillée de noir... »

Mais il n'avait pas fait vingt pas dans la rue choisie par lui qu'il s'appuya contre le mur, hors d'haleine, chancelant, et il se rendit compte, seulement alors, que son compagnon ne lui avait pas obéi, et qu'il le soutenait cordialement dans sa défaillance.

« Comment ! comment ! dit-il avec colère, vous voilà encore ? Je vous avais pourtant recommandé...

— Oui, répondit l'autre, mais, depuis la place Clichy, vous avez vraiment l'air d'aller au hasard. Il faut réfléchir. J'ai l'habitude de ces histoires-là. On va quelquefois plus vite sans bouger. »

Le jeune homme observa cet obligeant personnage, qui, chose étrange, malgré son apparence âgée, ne semblait même pas essoufflé par sa course.

« Ah ! dit-il, d'un air maussade, vous avez l'habitude ?...

— Oui, je suis de la police... Inspecteur Victor...

— Vous êtes de la police ?... répéta le jeune homme, distraitement, les yeux fixes. Je n'ai jamais vu des types de la police. »

Était-ce un spectacle agréable pour lui, ou désagréable ? Il tendit la main à Victor et le remercia.

« Au revoir... Vous avez été très aimable... »

12

Il s'éloignait déjà. Victor le retint.

«Mais cette femme?... cette voleuse?...

— Aucune importance... je la retrouverai...

— Je pourrais vous être utile. Donnez-moi donc quelques renseignements.

— Des renseignements? Sur quoi? Je me suis trompé.»

Il se mit à marcher plus vite. L'inspecteur l'escortait du même pas rapide, et, à mesure que l'autre semblait plus désireux de rompre l'entretien, il s'accrochait davantage à lui. Ils ne parlaient même plus. Le jeune homme paraissait pressé d'atteindre un but qui n'était cependant pas la capture de la voleuse, puisqu'il allait visiblement à l'aventure.

«Entrons ici», dit l'inspecteur qui le dirigeait par le bras vers un rez-de-chaussée marqué d'une lanterne rouge avec ces mots: «Poste de Police».

«Ici? Mais pour quoi faire?

— Nous avons à causer, et, en pleine rue, ce n'est pas commode.

— Vous êtes fou! Fichez-moi donc la paix!... protestait l'inconnu.

— Je ne suis pas fou, et je ne vous ficherai pas la paix», riposta Victor, d'autant plus acharné qu'il enrageait d'avoir abandonné ses manœuvres autour de la jolie dame du cinéma.

L'inconnu résista, lança un coup de poing, en reçut deux, et, finalement, vaincu, dompté, fut poussé dans une salle où se trouvaient réunis une vingtaine d'agents en uniforme.

«Victor, de la Brigade mondaine, annonça l'inspecteur en entrant. J'ai quelques mots à dire à monsieur. Ça ne vous dérange pas, brigadier?»

À l'annonce de ce nom de Victor, célèbre dans les milieux de police, il y eut un mouvement de curiosité. Le brigadier se mit aussitôt à sa disposition, et Victor lui expliqua brièvement l'affaire. Le jeune homme, lui, s'était effondré sur un banc.

«Fourbu, hein? s'écria Victor. Mais aussi, pourquoi couriez-vous comme un dératé ? Votre voleuse, vous l'aviez perdue de vue tout de suite. Alors, quoi, c'est donc que vous vous sauviez ? »

L'autre se rebiffa :

« Mais enfin, est-ce que ça vous regarde ? J'ai bien le droit de courir après quelqu'un, que diable ?

— Vous n'avez pas le droit de faire du scandale dans un lieu public, pas plus qu'on n'a le droit, en chemin de fer, de tirer le signal d'alarme sans une raison sérieuse...

— Je n'ai fait de mal à personne.

— Si, à moi. J'étais sur une piste fort intéressante. Et puis, flûte ! vos papiers...

— Je n'en ai pas. »

Ce ne fut pas long. Avec une prestesse plutôt brutale, Victor fouilla le veston du captif, s'empara de son portefeuille, l'examina, et murmura :

« C'est votre nom, Alphonse Audigrand ? Alphonse Audigrand... vous connaissez ça, brigadier ? »

Celui-ci conseilla :

« On peut téléphoner... »

Victor décrocha l'appareil, demanda la Préfecture, attendit, puis reprit :

« Allô... La Police judiciaire, s'il vous plaît... Allô, c'est vous, Lefébure ? Ici, Victor, de la mondaine. Dites donc, Lefébure, j'ai sous la main un sieur Audigrand qui ne me semble pas très catholique. Est-ce un nom qui vous dit quelque chose ? Hein ? Quoi ? Mais oui, Alphonse Audigrand... Allô... Un télégramme de Strasbourg ? Lisez-moi ça... Parfait... Parfait... Oui, un petit gros, avec des moustaches tombantes... Nous y sommes... Qu'est-ce qui est de service dans les bureaux ? Hédouin ? l'inspecteur principal ? Mettez-le au courant et qu'il vienne chercher notre homme au poste de la rue des Ursins. Merci. »

Ayant raccroché, il se tourna vers Audigrand et lui dit :

« Vilaine affaire ! Employé à la Banque centrale de

l'Est, tu as disparu depuis jeudi dernier, jour du vol des neuf Bons de la Défense nationale. Un joli coup de neuf cent mille francs! Et c'est évidemment ce magot-là qu'on t'a barboté tout à l'heure, au cinéma. Qui? Qu'est-ce que c'est que ta voleuse?»

Audigrand pleurait, sans force pour se défendre, et il avoua stupidement:

«Je l'ai rencontrée avant-hier, dans le métro... Hier on a déjeuné et dîné ensemble. Deux fois elle a remarqué que je cachais une enveloppe jaune dans ma poche. Aujourd'hui, au cinéma, elle était tout le temps penchée sur moi, à m'embrasser...

— L'enveloppe contenait les Bons?

— Oui.

— Le nom de la femme?

— Ernestine.

— Ernestine, quoi?

— Je ne sais pas.

— Elle a de la famille?

— Je ne sais pas.

— Elle travaille?

— Dactylographe.

— Où?

— Dans un dépôt de produits chimiques.

— Situé?

— Je ne sais pas. On se rejoignait aux environs de la Madeleine.»

Il sanglotait à tel point qu'il devenait impossible de le comprendre. Victor, qui n'avait pas besoin d'en savoir davantage, se leva, s'entendit avec le brigadier pour qu'aucune précaution ne fût négligée et rentra dîner.

Pour lui, le sieur Audigrand ne comptait plus. Il regrettait même de s'en être occupé et d'avoir perdu contact avec la dame du cinéma. La belle créature, et si mystérieuse! Pourquoi diable cet imbécile d'Audigrand s'était-il interposé stupidement entre elle et Victor, qui prisait tellement les jolies inconnues et se passionnait à déchiffrer le secret de leur existence ?

2

Victor habitait, dans le quartier des Ternes, un petit logement confortable où le servait un vieux domestique. Ayant une certaine fortune, de caractère très indépendant, voyageur passionné, il en prenait fort à son aise avec la Préfecture, où on le tenait en haute estime, mais où on le considérait comme un original, et plutôt comme un collaborateur occasionnel que comme un employé soumis aux règles ordinaires. Si telle affaire l'ennuyait, rien au monde, ni ordre ni menace, ne l'eût contraint à la poursuivre. Si telle autre lui disait quelque chose, il s'en emparait, la poussait à fond, et en apportait la solution au directeur de la Police judiciaire dont il était le protégé. Et l'on n'entendait plus parler de lui.

Le lendemain lundi, il lut dans son journal le récit de l'arrestation, racontée par l'inspecteur principal Hédouin avec un luxe de détails qui l'horripila, car il estimait qu'une bonne police doit être faite discrètement, et il eût certainement passé à d'autres exercices si ce même journal, évoquant le passage d'Arsène Lupin dans une ville de l'Est, ne lui avait appris que cette ville n'était autre que Strasbourg. Or, les Bons avaient été volés à Strasbourg ! Simple coïncidence, évidemment, puisqu'il ne pouvait y avoir aucun rapprochement entre cet imbécile d'Audigrand et Arsène Lupin. Mais, tout de même…

Aussitôt il explora les annuaires, fit, l'après-midi, une enquête sur les maisons de produits chimiques, et fouilla le quartier de la Madeleine. Ce n'est qu'à cinq heures qu'il découvrit qu'il y avait une nommée Ernestine, dactylographe au Comptoir commercial de Chimie, rue du Mont-Thabor.

Il téléphona au directeur et les réponses qui lui

furent faites l'incitèrent à une visite immédiate au Comptoir. Il s'y rendit en hâte.

Les bureaux se composaient de petites pièces où la place manquait, et que séparaient les unes des autres de légères cloisons. Introduit dans le cabinet du directeur, il s'y heurta dès l'abord à de vives protestations.

«Ernestine Peillet, une voleuse! Ce serait elle l'aventurière dont j'ai lu la fuite dans les journaux de ce matin? Impossible, monsieur l'inspecteur. Les parents d'Ernestine sont très honorables. Elle vit chez eux...

— Pourrais-je lui poser quelques questions?

— Si vous y tenez...»

Il sonna le garçon de bureau.

«Appelez donc Mlle Ernestine.»

Une menue personne se présenta, discrète d'allure, assez gentille, avec le visage crispé de quelqu'un qui, en prévision des pires événements, s'est composé une attitude inflexible.

Cette pauvre façade s'écroula du premier coup, lorsque Victor lui eut demandé de son air rébarbatif ce qu'elle avait fait de l'enveloppe jaune dérobée la veille à son compagnon de cinéma. Sans plus de résistance que le sieur Audigrand, elle défaillit, s'écroula sur une chaise, pleura, bégaya:

«Il a menti... J'ai vu une enveloppe jaune par terre... Je l'ai ramassée et, c'est ce matin, par le journal, que j'ai su qu'il m'accusait...»

Victor tendit la main.

«L'enveloppe? Vous l'avez sur vous?

— Non. Je ne savais où retrouver ce monsieur. Elle est là, dans mon bureau, près de la machine à écrire.

— Allons-y», dit Victor.

Elle le précéda. Elle occupait un recoin, entouré d'un grillage et d'un paravent. Elle souleva, sur le bout de la table, un paquet de lettres, et sembla surprise. D'un geste fiévreux, elle éparpilla les papiers.

« Rien, fit-elle, stupéfaite. Elle n'y est plus.

— Que personne ne bouge, ordonna Victor à la dizaine d'employés qui s'empressaient autour d'eux. Monsieur le directeur, quand je vous ai téléphoné, vous étiez seul dans votre bureau ?

— Je crois… ou plutôt non… je me souviens que la comptable se trouvait avec moi, Mme Chassain.

— En ce cas, certains mots ont pu la renseigner, précisa Victor. Deux fois, durant notre communication, vous m'avez désigné comme inspecteur et vous avez prononcé le nom de Mlle Ernestine. Or, Mme Chassain savait, comme tout le monde, par les journaux, que l'on suspectait une demoiselle Ernestine. Mme Chassain est ici ? »

Un des employés répondit :

« Mme Chassain s'en va toujours à six heures moins vingt pour prendre le train de six heures. Elle habite Saint-Cloud.

— Était-elle partie quand j'ai fait appeler la dactylographe à la direction, il y a dix minutes ?

— Pas encore.

— Vous l'avez vue partir, mademoiselle ? demanda Victor à la dactylographe.

— Oui, répliqua Mlle Ernestine, elle remettait son chapeau. Nous causions, à ce moment-là, elle et moi.

— Et c'est à ce même moment que, appelée à la direction, vous avez jeté l'enveloppe jaune sous ces papiers ?

— Oui. Jusqu'alors, je la gardais dans mon corsage.

— Et Mme Chassain a pu voir votre geste ?

— Je le suppose. »

Victor, ayant consulté sa montre, recueillit quelques détails sur la dame Chassain, une dame de quarante ans, rousse, épaisse, cuirassée dans un sweater vert pomme, puis il quitta le Comptoir.

En bas, il croisa l'inspecteur principal Hédouin qui avait recueilli, la veille, Alphonse Audigrand, et qui s'écria, confondu :

« Comment, vous voilà déjà, Victor ? Vous avez vu

la maîtresse d'Audigrand ?... la demoiselle Ernestine ?...

— Oui, tout va bien. »

Sans plus s'attarder, il prit un taxi, et arriva juste pour le train de six heures. Du premier coup d'œil, il constata que, dans la longue voiture où il prenait place, aucune dame ne portait de sweater vert pomme.

Le train partit.

Tous les voyageurs qui l'environnaient lisaient les journaux du soir. Près de lui, deux d'entre eux causèrent de l'enveloppe jaune et de l'affaire des Bons, et il se rendit compte encore à quel point les moindres détails en étaient déjà connus.

En quinze minutes, on arrivait à Saint-Cloud. Tout de suite, Victor s'entretint avec le chef de gare, et la sortie des voyageurs fut surveillée.

Ils étaient nombreux à ce train-là. Lorsqu'une dame rousse dont le sweater vert pomme apparaissait entre les pans d'un manteau gris, voulut passer, son carnet d'abonnement à la main, Victor lui dit tout bas :

« Veuillez me suivre, madame... Police judiciaire... »

La dame eut un sursaut, murmura quelques paroles, et accompagna l'inspecteur et le chef de gare qui la fit entrer dans son bureau.

« Vous êtes employée au Comptoir commercial de Chimie, lui dit Victor, et vous avez emporté par mégarde une enveloppe jaune que la dactylographe Ernestine avait laissée près de sa machine à écrire...

— Moi ? dit-elle, assez calme. Il y a erreur, monsieur.

— Nous allons être contraints...

— De me fouiller ? Pourquoi pas ? Je suis à votre disposition. »

Elle montrait une telle assurance qu'il hésita. Mais, d'autre part, innocente, ne se fût-elle pas défendue ?

On la pria de passer dans une pièce voisine avec une employée de la gare.

L'enveloppe jaune ne fut pas trouvée sur elle, et aucun Bon de la Défense.

Victor ne se démonta pas.

« Donnez-moi votre adresse », lui dit-il sévèrement.

Un autre train arrivait de Paris. L'inspecteur principal Hédouin en descendit rapidement et se heurta aussitôt à Victor, lequel débita tranquillement :

« La dame Chassain a eu le temps de mettre l'enveloppe en sûreté. Si on n'avait pas bavardé hier soir à la Préfecture devant les journalistes, le public n'aurait pas connu l'existence de cette enveloppe jaune contenant une fortune, la dame Chassain n'aurait pas eu l'idée de la chaparder, et je l'aurais cueillie, moi, dans le corsage d'Ernestine. Voilà ce que c'est que de faire de la police sur la place publique. »

Hédouin se rebiffa. Mais Victor acheva :

« Je résume. Audigrand, Ernestine, Chassain... en vingt-quatre heures, trois amateurs successifs du magot éliminés... Passons au quatrième. »

Un train s'en allait à Paris. Il y prit place, laissant sur le quai, et fort ébaubi, son supérieur, l'inspecteur principal Hédouin.

3

Dès le mardi matin, Victor, toujours bien sanglé dans son veston, qui avait plutôt l'air d'un ancien dolman, commença en auto — il possédait un modeste cabriolet à quatre places — une enquête minutieuse à Saint-Cloud.

Il s'appuyait sur ce raisonnement. La dame Chassain, détentrice de l'enveloppe jaune, la veille lundi, de six heures moins vingt à six heures quinze, n'a pas pu déposer un objet de cette importance au premier endroit venu. Logiquement, elle a dû le remettre à quelqu'un. Où a-t-elle pu rencontrer ce quelqu'un, sinon durant le trajet de Paris à Saint-

20

Cloud ? L'enquête devait donc porter sur les personnes qui avaient effectué ce trajet dans le même compartiment qu'elle, et en particulier sur celles avec qui la dame Chassain était en relation de confiance.

La dame Chassain, que Victor alla voir, inutilement d'ailleurs, demeurait chez sa mère, depuis un an qu'elle avait introduit une instance en divorce contre son mari, quincaillier à Pontoise. La mère et la fille, qui jouissaient d'une excellente réputation, n'admettaient dans leur intimité que trois vieilles amies, dont aucune n'avait été la veille à Paris. D'un autre côté, l'aspect revêche de la dame Chassain ne permettait pas qu'on la soupçonnât d'inconduite.

Le mercredi, les investigations de Victor ne furent pas plus heureuses. Cela devenait inquiétant. Le voleur numéro quatre, incité à la prudence par l'exemple de ses trois prédécesseurs, avait tout le loisir nécessaire pour prendre ses précautions.

Le jeudi, il s'installa dans un petit café de Garches, commune voisine de Saint-Cloud, le café des Sports, d'où, toute la journée, il rayonna aux environs, à Ville-d'Avray, à Marnes-la-Coquette, à Sèvres.

Il revint dîner au café des Sports, en face de la station de Garches, sur la grand-route de Saint-Cloud à Vaucresson.

À neuf heures, il fut surpris par l'arrivée inopinée de l'inspecteur principal Hédouin, qui lui dit :

« Enfin, je vous cherche depuis ce matin dans la région. Le directeur est furieux après vous. Vous ne donnez plus signe de vie. Que diable, on téléphone ! Où en êtes-vous ? Savez-vous quelque chose ?

— Et vous ? murmura doucement Victor.

— Rien. »

Victor commanda deux consommations, but à gorgées lentes un verre de curaçao, et formula :

« La dame Chassain a un amant. »

Hédouin sursauta.

« Vous êtes fou ! avec la gueule qu'elle a !

— La mère et la fille, qui font tous les dimanches de grandes promenades à pied, ont été rencontrées l'avant-dernier dimanche d'avril, dans les bois de Fausses-Reposes, en compagnie d'un monsieur. Huit jours plus tard, c'est-à-dire il y a deux semaines, on les a vus tous trois, du côté de Vaucresson, en train de goûter au pied d'un arbre. C'est un sieur Lescot, qui occupe, au-dessus de Garches, non loin des bois de Saint-Cucufa, un pavillon appelé *La Bicoque*. J'ai pu le voir, par-dessus la haie de son jardin. Cinquante-cinq ans. Chétif. Barbiche grise.

— Comme renseignements, c'est maigre.

— Un de ses voisins, le sieur Vaillant, employé à la gare, peut seul m'en donner d'autres plus précis. Il a été ce soir conduire sa femme à Versailles, près d'un parent malade. Je l'attends. »

Ils attendirent des heures, sans parler, Victor n'étant jamais d'humeur communicative. Il s'endormit même. Hédouin fumait nerveusement des cigarettes.

Enfin, à minuit et demi, survint l'employé de la gare, qui s'écria aussitôt :

« Le père Lescot, si je le connais ! Nous ne logeons pas à cent mètres l'un de l'autre. Un sauvage, qui ne s'occupe que de son jardin. Quelquefois, tard dans la soirée, il y a une dame qui se glisse dans son pavillon, où elle ne reste guère qu'une heure ou deux. Lui, il ne sort jamais, sauf le dimanche pour se promener, et un jour par semaine pour aller à Paris.

— Quel jour ?

— Généralement le lundi.

— Alors, lundi dernier ?...

— Il y a été, je me rappelle. C'est moi qui ai reçu son billet, au retour.

— À quelle heure ?

— Toujours le même train, qui arrive à Garches à six heures dix-neuf du soir. »

Un silence. Les deux policiers se regardèrent. Hédouin demanda :

« Vous l'avez vu, depuis ?

— Pas moi, mais ma femme, qui est porteuse de pain. Même qu'elle prétend que ces deux derniers soirs de mardi et de mercredi, tandis que j'étais de service…

— Elle prétend ?…

— Qu'on rôde autour de *La Bicoque*. Le père Lescot a un vieux roquet qui n'a pas cessé de grogner dans sa niche. Ma femme est sûre que c'était l'ombre d'un homme qui portait une casquette… une casquette grise.

— Elle n'a reconnu personne ?

— Si, elle croit bien…

— Votre femme est à Versailles, n'est-ce pas ?

— Jusqu'à demain. »

Sa déclaration terminée, Vaillant se retira. Au bout d'une ou deux minutes, l'inspecteur principal conclut :

« On ira rendre visite au père Lescot dès le début de la matinée. Sans quoi, nous risquons que le quatrième voleur soit volé.

— D'ici là…

— Allons faire le tour du pavillon. »

Ils marchèrent en silence, dans les voies désertes qui grimpent vers le plateau et suivirent une route bordée de petites villas. Une lumière d'étoiles tombait d'un ciel pur. La nuit était tiède et paisible.

« C'est ici », dit Victor.

Il y eut d'abord une haie, puis un mur bas surmonté d'un grillage, à travers lequel, de l'autre côté d'une pelouse, on discernait un pavillon d'un seul étage où s'alignaient trois fenêtres.

« On croirait qu'il y a de la lumière, chuchota Victor.

— Oui, au premier, à la fenêtre du milieu. Les rideaux doivent être mal joints. »

Mais une autre clarté, plus vive, s'alluma sur la droite, s'éteignit, se ralluma.

« C'est bizarre, dit Victor, le chien n'aboie pas,

malgré notre présence. Cependant, je distingue sa niche, là, tout près.

— On l'a peut-être estourbi.

— Qui ?

— Le rôdeur d'hier et d'avant-hier.

— Alors, c'est que le coup serait pour cette nuit... Faisons donc le tour du jardin... il y a une ruelle par-derrière...

— Écoutez !... »

Victor prêta l'oreille.

« Oui... on a crié à l'intérieur. »

Et ce fut soudain d'autres cris, étouffés, mais nettement perceptibles, puis une détonation, qui devait venir de l'étage éclairé, et des cris encore.

D'un coup d'épaule, Victor renversa la grille d'entrée. Les deux hommes traversèrent la pelouse et franchirent le balcon d'une fenêtre qu'ils n'eurent qu'à pousser. Victor escalada le premier étage, sa lanterne électrique à la main.

Sur le palier, deux portes. Il ouvrit celle d'en face, et, à la lueur d'une lampe, aperçut un corps étendu qui semblait se convulser.

Un homme s'enfuyait par la pièce voisine. Il courut après lui, tandis que Hédouin surveillait la seconde porte du palier. De fait, le choc se produisit par là, entre l'homme et l'inspecteur principal. Mais, en passant dans la seconde pièce, Victor avisa une femme qui venait d'enjamber une fenêtre, ouverte sur la façade postérieure du pavillon, et qui descendait, sans doute au moyen d'une échelle. Il lança sur elle un jet de sa lumière électrique et *reconnut la femme aux cheveux fauves du Ciné-Balthazar*. Il allait sauter à son tour, quand un appel de l'inspecteur principal l'arrêta. Et, tout de suite, une seconde détonation, et des plaintes...

Il arriva sur le palier pour soutenir Hédouin qui s'écroulait. L'homme qui avait tiré était déjà en bas de l'étage.

« Courez après, gémit l'inspecteur principal... je n'ai rien... c'est à l'épaule...

— Alors, si vous n'avez rien, laissez-moi », dit Victor furieux et qui essayait vainement de se débarrasser de son collègue.

L'inspecteur principal se cramponnait à lui pour ne pas tomber. Victor le traîna jusqu'au canapé de la première chambre, l'y coucha, et, renonçant à poursuivre les deux fugitifs, hors d'atteinte maintenant, s'agenouilla devant l'homme étendu sur le parquet. C'était bien le père Lescot. Il ne bougeait plus.

« Il est mort, dit Victor, après un rapide examen... Pas d'erreur, il est mort.

— Sale affaire ! murmura Hédouin. Et l'enveloppe jaune ?... Fouillez-le. »

Victor fouillait déjà.

« Il y a une enveloppe jaune, mais froissée et vide. Il est à supposer que le père Lescot en avait retiré les Bons de la Défense, qu'il les gardait à part, et qu'il aura été contraint de les livrer.

— Aucune inscription sur l'enveloppe ?

— Non, mais la marque de fabrique, visible en transparence (Papeteries Goussot, Strasbourg). »

Il conclut, tout en soignant son collègue.

« Ça y est ! Strasbourg... c'est là que le premier vol a été commis à la Banque. Et nous voici au cinquième voleur... Et cette fois, c'est un type qui n'a pas froid aux yeux. Bigre ! Si les numéros un, deux, trois et quatre ont agi comme des mazettes, le numéro cinq nous donnera du fil à retordre. »

Et il pensait à l'admirable créature qu'il avait surprise, mêlée au crime. Que faisait-elle là ? Quel rôle jouait-elle dans le drame ?

CHAPITRE II

LA CASQUETTE GRISE

1

L'employé de la gare et deux voisins, réveillés par le bruit, accoururent. L'un d'eux avait le téléphone chez lui. Victor le pria d'avertir le commissariat de Saint-Cloud. L'autre alla quérir un docteur, qui ne put que constater la mort du père Lescot, frappé d'une balle dans la région du cœur. Hédouin, dont la blessure n'était pas grave, fut transporté à Paris.

Lorsque le commissaire de Saint-Cloud arriva avec ses agents, Victor, qui avait veillé rigoureusement à ce que rien ne fût dérangé, le mit au courant du drame. Ils jugèrent tous les deux qu'il était préférable d'attendre le jour pour relever les traces laissées par les deux complices, et Victor retourna chez lui, à Paris.

Dès neuf heures, il revint aux nouvelles et trouva *La Bicoque* entourée d'une foule de curieux que les agents tenaient à distance. Dans le jardin où il pénétra, et dans le pavillon, s'agitaient d'autres inspecteurs et des gendarmes. L'arrivée du Parquet de Versailles était signalée, mais on assurait qu'il y avait contrordre de Paris et que l'instruction serait réservée au Parquet de la Seine.

Soit par un entretien qu'il eut avec le commissaire de Saint-Cloud, soit par ses recherches personnelles, Victor acquit quelques certitudes... plutôt négatives, car, en somme, l'affaire restait fort obscure.

D'abord, aucune indication sur l'homme qui avait fui par le rez-de-chaussée, ni sur la femme qui avait fui par la fenêtre.

On découvrit bien l'endroit où la femme avait

franchi la haie pour gagner la ruelle parallèle à la route. Et l'on découvrit aussi les empreintes laissées par les montants de l'échelle au-dessous du premier étage. Mais l'échelle, qui devait être en fer, pliante et portative, demeura introuvable. Et l'on ne sut pas comment les deux complices s'étaient rejoints et comment ils avaient quitté la région. Tout au plus put-on établir qu'une automobile avait stationné, à partir de minuit, trois cents mètres plus loin, le long du Haras de La Celle-Saint-Cloud, et qu'elle s'était remise en marche à une heure et quart, évidemment pour retourner à Paris par Bougival et les bords de la Seine.

Le chien du père Lescot fut retrouvé dans sa niche, mort, empoisonné.

Aucune trace de pas sur le gravier du jardin.

La balle, extraite du cadavre, ainsi que la balle extraite de l'épaule de l'inspecteur Hédouin, provenaient d'un browning de sept millimètres soixante-cinq. Mais qu'était devenu le browning ?

En dehors de ces petits faits, rien. Victor s'attarda d'autant moins que les journalistes et les photographes commençaient à sévir.

D'ailleurs, il avait horreur de travailler en compagnie et de perdre son temps, comme il disait, en «hypothèses dialoguées». Seule l'intéressait la psychologie d'une affaire, et ce qu'elle exige de réflexion et d'intelligence. Pour le reste, démarches, constatations, poursuites, filatures, il ne s'y livrait qu'à contre-cœur, et toujours en solitaire, pour son propre compte, aurait-on dit.

Il passa chez l'employé de la gare, Vaillant, dont la femme, revenue de Versailles, prétendit ne rien savoir, et ne pas avoir reconnu l'individu qui rôdait près de *La Bicoque* au cours des soirées précédentes. Mais Vaillant, qui reprenait son service, le rattrapa devant la gare et accepta d'entrer au café des Sports.

«Voyez-vous, dit-il, dès que l'apéritif eut délié sa

langue, Gertrude (c'est ma ménagère), Gertrude, comme porteuse de pain, va dans les maisons, et, si elle jaspine, ça lui retombe sur le dos. Moi, c'est autre chose : comme cheminot, comme fonctionnaire, je dois aider la justice.

— Et alors ?

— Alors, fit Vaillant, en baissant le ton, voici, en premier lieu, la casquette grise dont elle m'avait parlé, et que j'ai ramassée sous des orties et un dépôt d'ordures que je nettoyais ce matin, dans un coin de mon enclos. Le type, en se sauvant cette nuit, l'aura jetée au hasard par-dessus ma haie.

— Ensuite ?

— Ensuite, Gertrude est certaine que le type de mardi soir, donc le type à la casquette grise, est un monsieur où elle porte le pain tous les jours... un monsieur de la haute.

— Son nom ?

— Le baron Maxime d'Autrey. Tenez, penchez-vous sur la gauche... la maison... la seule maison de rapport sur la route qui va à Saint-Cloud... cinq cents mètres d'ici peut-être... Il occupe le quatrième étage avec sa femme et leur vieille bonne. Des gens très bien, un peu fiers peut-être, mais si bien que je me demande si Gertrude ne s'est pas blousée.

— Il vit de ses rentes ?

— Fichtre non ! Il est dans les vins de Champagne. Chaque jour il file à Paris.

— Et il en revient à quelle heure ?

— Par le train de six heures, qui arrive ici à dix-neuf.

— Lundi dernier, il est revenu par ce train-là ?

— Pas de doute. Il n'y a qu'hier, où je ne peux rien dire, puisque je conduisais ma femme. »

Victor se taisait. L'histoire pouvait s'imaginer ainsi : « Le lundi, dans le compartiment du train de six heures qui la ramène de Paris, la dame Chassain s'est assise près du père Lescot. D'habitude, épouse en instance de divorce, elle s'abstient de parler à son amant quand elle n'est pas avec sa mère. Ce lundi-là, elle a volé, par un mouvement involontaire, l'enveloppe jaune. Tout bas, sans en avoir l'air, elle l'avertit qu'elle a un dépôt à lui confier, et, peu à peu, elle lui glisse l'enveloppe qu'elle aura eu le temps peut-être de rouler et de ficeler. Ce geste, le baron d'Autrey, qui est dans la voiture, le surprend. Il a lu les journaux… Une enveloppe jaune… est-ce que par hasard ?…

« À Saint-Cloud, la dame Chassain s'en va. Le père Lescot continue jusqu'à Garches. Maxime d'Autrey, qui descend aussi à cette station, file le bonhomme, repère son logis, rôde, le mardi et le mercredi, autour de *La Bicoque*, et, le jeudi, se décide…

« Une seule objection, pensait Victor, après avoir quitté son compagnon, et tout en se dirigeant vers l'immeuble désigné. Tout cela s'enchaîne trop bien et trop vite. La vérité ne s'offre jamais aussi spontanément et n'a jamais ce caractère simple et naturel. »

2

Victor monta au quatrième étage et sonna. Une bonne âgée, avec des lunettes et des cheveux blancs, ouvrit, et, sans lui demander son nom, l'introduisit dans le salon.

« Faites passer ma carte », dit-il simplement.

La pièce, qui servait aussi de salle à manger, ne contenait que des chaises, une table, un buffet et un guéridon, tout cela médiocre d'apparence, mais reluisant de propreté. Des images de piété aux murs ; sur la cheminée, quelques livres et des brochures de propagande religieuse. Par la fenêtre, une vue charmante sur le parc de Saint-Cloud.

Une dame parut, l'air surpris, une dame encore jeune, couperosée, sans poudre de riz, démodée d'aspect, avec une poitrine abondante, une coiffure compliquée, et une robe de chambre défraîchie.

Malgré tout, l'ensemble n'aurait pas été déplaisant, n'eût été une expression volontairement hautaine, et un port de tête qui devait être, dans son idée, celui d'une baronne.

Ce fut bref. Debout, la voix distante :

«Vous désirez, monsieur ?

— Je voudrais parler au baron d'Autrey, relativement à certains faits qui se sont produits lundi soir dans le train.

— Il s'agit sans doute du vol de l'enveloppe jaune, que nous avons lu dans les journaux ?

— Oui. Ce vol a eu pour conséquence un assassinat commis, cette nuit, à Garches, et dont la victime est un M. Lescot.

— Un M. Lescot ? répéta-t-elle sans le moindre émoi... j'ignore absolument... Et l'on a des soupçons ?

— Aucun, jusqu'ici. Mais je suis chargé de m'enquérir auprès des personnes qui ont voyagé lundi de Paris à Garches, par ce même train de six heures. Et comme le baron d'Autrey...

— Mon mari vous répondra lui-même, monsieur. Il est à Paris. »

Elle attendait que Victor se retirât. Mais il continua :

«M. d'Autrey sort quelquefois après son dîner ?

— Rarement.

— Cependant, mardi et mercredi...

— En effet, ces deux jours-là, ayant mal à la tête, il a été faire un tour.

— Et hier soir, jeudi ?

— Hier soir, ses occupations l'ont retenu à Paris...

— Où il a couché ?

— Mais non, il est revenu.

— À quelle heure ?

— Je dormais. J'ai entendu, un peu après son retour, sonner onze heures.

— Onze heures ? donc deux heures avant le crime. Vous affirmez ? »

La baronne, qui avait répondu jusqu'ici machinalement, avec une politesse hargneuse, eut l'intuition soudaine de ce qui se passait, jeta un coup d'œil sur la carte de «Victor, de la Brigade mondaine», et répondit sèchement, mais sans comprendre encore :

« J'ai coutume de n'affirmer que ce qui est.

— Vous avez échangé quelques paroles avec lui ?

— Certes.

— Vous étiez donc réveillée tout à fait ? »

Elle rougit, comme prise de pudeur, et ne répliqua point. Victor poursuivit :

« À quelle heure le baron d'Autrey est-il parti ce matin ?

— Quand la porte du vestibule s'est refermée, j'ai ouvert les yeux, la pendule marquait six heures dix.

— Il ne vous a pas dit adieu ? »

Cette fois, elle s'irrita.

« C'est donc un interrogatoire ?

— Nos recherches nous obligent parfois à une certaine indiscrétion. Un dernier mot… »

Il tira de sa poche la casquette grise :

« Est-ce que vous croyez que ceci appartienne à M. d'Autrey ?

— Oui, dit-elle en examinant l'objet. C'est une vieille casquette qu'il ne mettait plus depuis des années, et que j'avais rangée au fond d'un tiroir. »

Avec quelle sincérité distraite elle fit cette réponse si accablante pour son mari ! Mais, d'autre part, une telle bonne foi ne marquait-elle pas que, sur les points essentiels, elle n'avait pas menti davantage ?

Victor prit congé en s'excusant de son importunité et en annonçant sa visite pour la fin de la journée.

Son enquête auprès de la concierge, qu'il trouva dans la loge, confirma les réponses de Mme d'Autrey. Le baron avait sonné vers onze heures du soir pour demander le cordon, et frappé vers six heures du matin pour s'en aller. Au cours de la nuit, personne n'avait passé ni dans un sens ni dans l'autre. Comme il n'y avait que trois appartements loués et que les autres locataires ne sortaient jamais le soir, le contrôle était facile.

«Quelqu'un d'autre que vous peut-il, de l'intérieur, ouvrir la porte?

— Pour ça non. Il faudrait entrer dans ma loge, et je ferme à clef et au verrou.

— Mme d'Autrey sort quelquefois dans la matinée?

— Jamais. C'est Anna, leur vieille bonne, qui fait le marché. Tenez, la voilà qui vient de l'escalier de service.

— Il y a le téléphone dans la maison?

— Non.»

Victor s'en alla, perplexe, partagé entre des idées contradictoires. Au fond, quelles que fussent les charges relevées contre le baron, il était impossible de mettre en doute l'alibi que les circonstances imposaient en sa faveur : à l'instant du crime, il se trouvait auprès de sa femme.

À la gare, où il retourna, après son déjeuner, il posa cette question :

«Le baron d'Autrey, dont le passage est forcément remarqué lorsqu'il y a peu d'affluence, a-t-il pris ce matin un des premiers trains?»

La réponse fut unanime et catégorique : non.

Alors, comment s'en était-il allé de Garches?

Tout l'après-midi, il recueillit des renseignements sur le ménage d'Autrey auprès des fournisseurs, du pharmacien, des autorités, des employés de la poste. Cette tournée, où il se rendit compte du peu de sympathie qu'ils inspiraient, le conduisit nécessairement chez leur propriétaire, M. Gustave Géraume, conseiller municipal et négociant en bois et charbons, dont les démêlés avec le baron et la baronne divertissaient le pays.

M. et Mme Géraume possédaient une belle villa, également sur le plateau. Dès l'entrée, Victor sentit l'aisance et la richesse, et constata la discorde et l'agitation. Ayant pénétré dans le vestibule après avoir sonné vainement, il entendit le bruit d'une querelle au premier étage, des claquements de portes, une voix d'homme, ennuyée et sans aigreur, une voix de femme, stridente et furieuse, qui criait :

« Tu n'es qu'un ivrogne ! Oui, toi ! M. Gustave Géraume, conseiller municipal, est un ivrogne ! Qu'as-tu fait, hier soir, à Paris ?

— Tu le sais bien, ma petite, un dîner d'affaires avec Devalle.

— Et avec des poules, évidemment. Je le connais, ton Devalle, un noceur ! Et après le dîner, les Folies Bergère, hein ? les femmes nues ? le dancing, le champagne ?

— Tu es folle, Henriette ! je te répète que j'ai ramené Devalle en auto à Suresnes.

— À quelle heure ?

— Je ne saurais dire...

— Évidemment, tu étais ivre. Mais il devait être trois ou quatre heures du matin. Seulement, tu profites de ce que je dormais... »

La dispute dégénérait en bataille, M. Géraume se précipita vers l'escalier qu'il dégringola, poursuivi par son épouse, et aperçut le visiteur qui attendait dans le vestibule, et qui, aussitôt, s'excusa :

« J'ai sonné... Personne ne répondant, je me suis permis... »

Gustave Géraume, un assez bel homme d'environ quarante ans, au teint fleuri, se mit à rire :

« Vous avez entendu ? Une petite scène de ménage... Aucune importance... Henriette est la meilleure des femmes... Mais entrez donc dans mon bureau... À qui ai-je l'honneur ?...

— Inspecteur Victor, de la Brigade mondaine.

— Ah ! l'histoire du pauvre père Lescot ?

— Je viens plutôt, interrompit Victor, me renseigner sur votre locataire, le baron d'Autrey... En quels termes êtes-vous tous deux ?

— Très mauvais termes. Ma femme et moi, nous avons occupé durant dix ans l'appartement que nous leur louons maintenant dans notre immeuble, et c'est un déluge de réclamations, chicanes, exploits d'huissier... et pour rien, par exemple au sujet d'une deuxième clef de l'appartement que je leur ai remise et qu'ils prétendent n'avoir pas reçue! Bref, des bêtises.

— Et finalement, bataille, dit Victor.

— Vous savez donc? Ma foi oui, bataille, fit en riant M. Géraume. J'ai reçu, en plein nez, un coup de poing de la baronne... qu'elle regrette, j'en suis sûr.

— Elle, regretter quelque chose! s'écria Mme Géraume. Elle, cette chipie, cette grande rosse, qui passe son temps à l'église!... Quant à lui, monsieur l'inspecteur, un homme taré, ruiné, qui ne paie pas son loyer, et qui est capable de tout.»

Elle avait une jolie figure, aimable et sympathique, mais une voix éraillée, faite pour les invectives et la colère. Son mari, d'ailleurs, dut lui donner raison, et fournit des renseignements déplorables. Faillite à Grenoble, histoires malpropres à Lyon, tout un lourd passé de fraudes et de tripotages...

Victor n'insista pas. Il entendit derrière lui la querelle qui se ranimait et la voix de la dame qui glapissait:

«Où étais-tu?... Qu'est-ce que tu as fichu?... Tais-toi, sale menteur!»

En fin d'après-midi, Victor s'installa au café des Sports, et parcourut les journaux du soir qui ne relataient rien de spécial. Mais, plus tard, on lui amena un monsieur et une dame de Garches, qui arrivaient de Paris et qui assuraient avoir vu, aux environs de la gare du Nord, le baron d'Autrey, dans un taxi, avec une jeune femme. Sur le siège, près du chauffeur, deux valises. Était-ce une certitude? Victor savait mieux que personne combien ces sortes de témoignages sont sujets à caution.

«En tout cas, pensa-t-il, le dilemme est simple.

34

Ou bien le baron s'est enfui en Belgique avec les Bons de la Défense... et avec une dame qui pourrait bien être la belle créature que j'ai revue dans l'encadrement de la fenêtre du père Lescot. Ou bien, il y a erreur, et il arrivera ici dans un instant par son train habituel. Et alors c'est que, malgré toutes les apparences, la piste est fausse. »

À la gare, Victor retrouva Vaillant près de la sortie des voyageurs.

Le train était signalé. On le vit bientôt qui débouchait au tournant. Une trentaine de voyageurs en descendirent.

Vaillant poussa Victor du coude en murmurant :

« Celui-là qui vient... pardessus gris foncé... chapeau mou... c'est le baron. »

3

L'impression de Victor ne fut pas défavorable. L'attitude du baron ne trahissait pas la moindre agitation, et sa figure paisible, reposée, n'était pas celle d'un homme qui a tué, dix-huit heures auparavant, et qui est harcelé par le souvenir, l'angoisse de ce qu'il va faire, et l'épouvante de ce qui peut advenir. C'était la figure d'un monsieur qui accomplit, selon le rythme ordinaire, sa besogne quotidienne. Il salua l'employé d'un signe de tête, et s'éloigna par la droite, vers sa demeure. Il avait à la main un journal du soir, plié, avec lequel il frappait distraitement les barreaux des grilles sur son passage.

Victor, qui le suivait à une certaine distance, hâta le pas et atteignit l'immeuble presque en même temps que lui. Sur le palier du quatrième étage, comme l'autre tirait sa clef, il lui dit :

« Le baron d'Autrey, n'est-ce pas ?

— Vous désirez, monsieur ?

— Quelques minutes d'entretien... Inspecteur Victor, de la Brigade mondaine. »

Incontestablement, il y eut choc, désunion, effort de volonté. Les mâchoires se contractèrent.

Ce fut rapide, et, après tout, ce pouvait être l'effet tout naturel que produit sur les plus honnêtes gens la visite inopinée de la police.

Mme d'Autrey brodait près de la fenêtre, dans la salle à manger. En avisant Victor, elle se leva, d'un coup.

« Laisse-nous, Gabrielle », fit son mari après l'avoir embrassée.

Victor prononça :

« J'ai eu l'occasion de voir déjà madame, ce matin, et notre conversation ne peut que gagner à sa présence.

— Ah ! » fit simplement le baron, qui ne parut pas davantage étonné.

Et il reprit, en montrant son journal :

« Je viens de lire votre nom, monsieur l'inspecteur, à propos de l'enquête que vous poursuivez, et je suppose que vous désirez m'interroger comme abonné de la ligne et familier du train de six heures ? Je puis vous dire tout de suite que je ne me rappelle plus avec qui je me trouvais lundi dernier, et que je n'ai noté aucun manège suspect, aucune enveloppe jaune. »

Mme d'Autrey intervint, d'une voix hargneuse :

« M. l'inspecteur est plus exigeant, Maxime. Il voudrait savoir où tu étais cette nuit, tandis que l'on commettait un crime au haut de Garches. »

Le baron sursauta :

« Qu'est-ce que cela veut dire ? »

Victor présenta la casquette grise :

« Voici la casquette que portait l'agresseur, et qu'il a jetée dans un enclos voisin. Ce matin, Mme d'Autrey m'a déclaré qu'elle vous appartenait. »

D'Autrey rectifia :

« Elle m'a appartenu, plutôt. Elle était dans le placard de l'antichambre, n'est-ce pas, Gabrielle ? dit-il à sa femme.

— Oui, il y a deux semaines environ que je l'y ai rangée.

— Et il y a une semaine que, moi, je l'ai mise à la boîte aux ordures ainsi qu'un vieux cache-nez mangé aux vers. Un vagabond l'y aura recueillie. Et ensuite, monsieur l'inspecteur?

— Mardi soir et mercredi soir, aux heures mêmes où vous êtes sorti, on a vu rôder, autour de *La Bicoque*, l'homme qui portait cette casquette.

— J'avais mal à la tête, je me suis promené, mais pas de ce côté.

— Par où?

— Sur la grand-route de Saint-Cloud.

— Vous avez rencontré quelqu'un?

— Probablement. Mais je n'ai pas fait attention.

— Et hier soir, jeudi, vous êtes rentré à quelle heure?

— À onze heures ; j'avais dîné à Paris. Ma femme dormait.

— Selon madame, vous avez échangé quelques paroles.

— Tu crois, Gabrielle? Je ne me souviens plus.

— Si, si, fit-elle, en s'approchant de lui. Souviens-toi… il n'y a pas de honte à dire que tu m'as embrassée… Seulement, ce que je te demande, c'est de ne plus répondre à ce monsieur. Tout cela est tellement inconcevable, tellement stupide!»

Son visage se durcissait, et ses joues lourdes et couperosées s'empourpraient davantage.

«Monsieur accomplit son devoir, Gabrielle, dit le baron. Je n'ai aucune raison pour ne pas l'y aider. Dois-je préciser l'heure de mon départ, ce matin, monsieur l'inspecteur! Il était six heures environ.

— Vous avez pris le train?

— Oui.

— Cependant, aucun des employés ne vous a vu.

— Le train venait de passer. Dans ce cas-là, j'ai coutume d'aller jusqu'à la station de Sèvres, qui est à vingt-cinq minutes de distance. Ma carte d'abonnement m'en donne le droit.

— On vous y connaît ?

— Moins bien qu'ici, et les voyageurs y sont beaucoup plus nombreux. J'étais seul dans mon compartiment. »

Il envoyait ses ripostes sans hésitation, d'un coup. Elles étaient formelles, et constituaient un système de défense si logique qu'il était difficile de ne pas l'accepter, provisoirement du moins, comme l'expression même de la vérité.

« Pourrez-vous m'accompagner demain à Paris, monsieur ? dit Victor. Nous y rencontrerons les personnes avec qui vous avez dîné hier soir et celles que vous avez vues aujourd'hui. »

À peine acheva-t-il sa phrase que Gabrielle d'Autrey se dressa près de lui, les traits bouleversés par l'indignation. Il se souvint du coup de poing lancé à M. Géraume, et il eut envie de rire, car la dame avait un air comique. Elle se contint. Son bras s'allongea vers le mur où pendait une image sainte et elle prononça :

« Je jure sur mon salut éternel… »

Mais l'idée même du serment à propos d'attaques aussi misérables dut lui paraître inconvenante, elle ébaucha un signe de croix, marmotta quelques mots, embrassa son mari avec tendresse et compassion, et s'en alla.

Les deux hommes restèrent debout l'un en face de l'autre. Le baron demeurait silencieux, et Victor fut stupéfait de constater que la belle apparence de sa figure, calme et reposée, n'était pas naturelle, et qu'il portait du rouge sur ses joues, un rouge violacé comme en portent beaucoup de femmes. Et il nota aussitôt l'extraordinaire lassitude des yeux cernés de noir et de la bouche aux coins tombants. Quelle transformation subite et qui semblait s'aggraver de seconde en seconde !

« Vous faites fausse route, monsieur l'inspecteur,

dit-il gravement. Mais il advient que votre enquête, par un contrecoup injuste, entre en plein dans ma vie secrète et m'oblige à une confession pénible. En dehors de ma femme, pour qui j'éprouve surtout de l'affection et du respect, j'ai, depuis quelques mois, une liaison à Paris. C'est avec cette jeune femme que j'ai dîné hier soir. Elle m'a conduit jusqu'à la gare Saint-Lazare, et, ce matin, je la retrouvais dès sept heures.

— Conduisez-moi chez elle demain, ordonna Victor. Je viendrai vous chercher en auto. »

Le baron hésita, puis, à la fin, répondit :
« Soit. »

Cette entrevue laissa Victor incertain, soumis tour à tour à des sentiments et à des raisonnements dont aucun ne correspondait à une réalité indiscutable.

Le soir de ce vendredi, il s'entendit avec un agent de Saint-Cloud pour surveiller la maison jusqu'au milieu de la nuit.

Il ne se produisit rien de suspect.

CHAPITRE III

LA MAÎTRESSE DU BARON

1

Entre Garches et Paris, les vingt minutes du trajet furent silencieuses, et c'est peut-être ce silence, cette docilité, qui donnaient le plus de poids aux soupçons de Victor. La tranquillité du baron ne l'impressionnait plus depuis qu'il avait discerné son maquillage de la veille. Il l'observa : le rouge avait disparu. Mais toute la face aux joues creusées et au teint jaune révélait une nuit d'insomnie et de fièvre.

« Quel quartier ? demanda Victor.

— La rue de Vaugirard, près du Luxembourg.

— Son nom ?

— Élise Masson. Elle était figurante aux Folies Bergère, je l'ai recueillie, et elle est si reconnaissante de ce que j'ai fait pour elle ! Ses poumons sont malades.

— Elle vous a coûté beaucoup d'argent ?

— Pas trop. Elle est si simple ! Seulement, je travaille moins.

— De sorte que vous n'avez plus de quoi payer votre terme. »

Ils ne dirent plus rien. Victor songeait à la maîtresse du baron, et une ardente curiosité l'envahissait. Était-ce la femme du cinéma ? la meurtrière de *La Bicoque* ?

Dans l'étroite rue de Vaugirard, s'allongeait un grand et vieux immeuble à petits logements. Au troisième étage, sur la gauche, le baron frappa et sonna.

Une jeune femme ouvrit vivement, les bras tendus, et, aussitôt, Victor constata que ce n'était pas celle dont il avait gardé la vision.

« Enfin, te voilà ! dit-elle. Mais tu n'es pas seul ? Un de tes amis ?

— Non, dit-il. Monsieur est de la police, et nous cherchons des renseignements sur cette affaire de Bons de la Défense à laquelle je suis mêlé par hasard. »

Ce n'est que dans la petite chambre où elle mena les deux hommes que Victor put la voir. Elle avait une figure de mauvaise santé avec d'immenses yeux bleus, des boucles brunes en désordre et des pommettes éclatantes de rouge, le même rouge violacé qu'il avait remarqué la veille sur les joues du baron. Une robe d'intérieur l'habillait. Elle portait au cou, négligemment noué, un large foulard orange rayé de vert.

« Simple formalité, mademoiselle, dit Victor. Quelques questions... Vous avez vu M. d'Autrey avant-hier, jeudi ?

— Avant-hier ? Voyons, que je réfléchisse... Ah ! oui, il est venu déjeuner et dîner, et je l'ai accompagné le soir à la gare.

— Et hier, vendredi ?

— Hier, il est venu dès sept heures du matin, et nous n'avons pas bougé de cette chambre avant quatre heures. Je l'ai conduit dehors, tout doucement, en nous promenant, comme d'habitude. »

À sa manière de parler, Victor fut persuadé que toutes ces réponses étaient fixées d'avance. Mais la vérité ne peut-elle pas être dite sur le même ton que le mensonge ?

Il fit le tour du logement, qui ne contenait qu'un cabinet de toilette, pauvrement agencé, une cuisine, et une penderie où il aperçut, tout à coup, après avoir écarté les robes, un sac de voyage et une valise de toile dont le soufflet paraissait gonflé.

S'étant brusquement retourné, il surprit un regard entre la jeune femme et son amant. Alors il ouvrit la valise.

Un des côtés contenait du linge de femme, une paire de bottines et deux robes ; l'autre un veston et des chemises d'homme. Dans le sac, un pyjama, des pantoufles et un nécessaire de toilette.

« On voulait donc partir ? » dit-il en se relevant.

Le baron, qui s'était avancé vers lui et le considérait avec des yeux implacables, chuchota :

« Dites donc, qui est-ce qui vous a permis de fouiller ainsi ? Car enfin, c'est de la perquisition, tout cela ? À quel titre ? Où est votre mandat ? »

Victor sentit le danger, en face de cet homme dont on devinait l'exaspération et dans les yeux de qui il voyait réellement l'envie féroce du meurtre.

Il saisit son revolver au fond de sa poche, et, dressé contre l'adversaire :

« On vous a vu hier près de la gare du Nord avec vos deux valises… On vous a vu avec votre maîtresse.

— Des blagues ! s'écria le baron. Des blagues, puisque je n'ai pas pris le train et que je suis là. Alors quoi, il faudrait être franc… De quoi m'accusez-vous ? D'avoir barboté l'enveloppe jaune ? Ou bien même… »

Il prononça, plus bas :

« Ou bien même d'avoir tué le père Lescot ? C'est ça, hein ? »

Un cri rauque retentit. Élise Masson, livide, haletante, balbutia :

« Qu'est-ce que tu dis ? Il t'accuserait d'avoir tué ? d'avoir tué le type de Garches ? »

Il se mit à rire :

« Ma foi, on pourrait le croire ! Voyons, monsieur l'inspecteur, ce n'est pas sérieux cette histoire-là… Que diable, vous avez interrogé ma femme… »

Il se dominait et désarmait peu à peu. Victor lâcha la crosse de son revolver et se dirigea vers le carré qui servait d'antichambre, tandis que d'Autrey continuait à ricaner :

« Ah ! la police, c'est la première fois que je la vois en action. Mais, fichtre, si elle gaffe toujours ainsi ! Voyons, monsieur l'inspecteur, ces valises, voilà des semaines qu'elles sont prêtes. La petite et moi, nous rêvions d'un voyage dans le Midi. Et puis, ça ne s'arrange pas. »

La jeune femme écoutait, ses grands yeux bleus tout fixes, et murmurait :

« Il ose t'accuser ! un assassin, toi ! »

À ce moment, un plan très net s'imposait à Victor : avant tout séparer les deux amants, puis conduire le baron à la Préfecture, et s'entendre avec ses chefs pour qu'une perquisition immédiate fût effectuée. C'était une opération qu'il n'aimait pas accomplir lui-même, mais qu'il jugeait indispensable. Si les Bons de la Défense étaient là, il ne fallait à aucun prix les laisser échapper une fois de plus.

42

«Vous m'attendez ici, dit-il à la jeune femme. Quant à vous, monsieur...»

Il montra la porte ouverte avec tant d'autorité que le baron, tout à fait soumis, passa devant lui, descendit les trois étages, et s'installa sur la banquette arrière du cabriolet.

Au coin de la rue, un gardien de la paix veillait à la circulation. Victor se fit connaître de lui et le pria de ne pas perdre de vue l'automobile et l'homme qui s'y trouvait. Puis il entra chez un marchand de vins dont la salle occupait le rez-de-chaussée de l'immeuble, et qui avait le téléphone dans son arrière-boutique. Là, il demanda la Préfecture, mais il dut attendre un long moment avant d'obtenir la communication avec la Police judiciaire.

«Ah! enfin, c'est vous, Lefébure? Ici, Victor, de la mondaine. Dites donc, Lefébure, est-il possible qu'on m'envoie sans tarder deux agents au coin de la rue de Vaugirard et du Luxembourg? Allô! Parlez donc plus fort, mon vieux... Qu'est-ce que vous dites? Vous m'avez téléphoné à Saint-Cloud?... Mais je ne suis pas à Saint-Cloud... Et alors, quoi? On veut me parler? Qui? Le directeur?... Justement, je venais... Mais d'abord, envoyez-moi deux camarades... tout de suite, hein? Ah! un mot encore, Lefébure. Tâchez de voir à l'Identité judiciaire s'il y a une fiche sur la demoiselle Élise Masson, ancienne figurante aux Folies-Bergère... Élise Masson...»

Quinze minutes plus tard, deux inspecteurs arrivèrent à bicyclette. Leur ayant expliqué qu'ils devaient s'opposer à la fuite de la nommée Élise Masson qui demeurait au troisième étage, et dont il donna le signalement exact, il emmena le baron d'Autrey à la Préfecture et le confia à des collègues.

M. Gautier, directeur avisé et fort habile, qui cachait sous un air bonasse de la finesse et du jugement, attendait Victor dans son bureau en compagnie d'un petit homme gros, assez âgé, mais encore solide d'aspect, et d'encolure puissante. C'était un des supérieurs immédiats de Victor, le commissaire Mauléon.

« Enfin quoi, Victor, s'écria le directeur, qu'est-ce que ça veut dire ? Je vous ai vingt fois recommandé de rester en contact avec nous de la façon la plus absolue. Or, depuis deux jours, aucune nouvelle. Le commissariat de Saint-Cloud agit de son côté, mes inspecteurs d'un autre, et vous d'un troisième. Pas de liaison. Pas de plan concerté.

— En bon français, observa Victor, sans s'émouvoir, cela signifie que l'affaire des Bons de la Défense et que celle du crime de *La Bicoque* n'avancent pas à votre gré, chef ?

— Et au vôtre, Victor ?

— Je ne suis pas mécontent. Mais j'avoue, chef, que je n'y mets pas beaucoup d'entrain. L'affaire m'amuse, mais ne m'emballe pas. Trop fragmenté. Des acteurs de troisième plan, qui agissent en ordre dispersé, et qui accumulent les gaffes. Pas d'adversaire sérieux.

— En ce cas, insinua le directeur, passez la main. Mauléon ne connaît pas Arsène Lupin, mais il l'a combattu jadis, il a une longue habitude du personnage, et il est mieux qualifié que personne… »

Victor s'était avancé vers le directeur, visiblement troublé.

« Que dites-vous, chef ? Arsène Lupin ?… Vous êtes sûr ?… Vous avez la preuve qu'il est dans l'affaire ?

— La preuve formelle. Vous savez qu'Arsène Lupin a été repéré à Strasbourg et qu'il s'en est fallu de peu qu'on l'arrêtât ? Or, l'enveloppe jaune qui avait été confiée à la banque et que le directeur de la banque a eu l'imprudence d'enfermer dans son tiroir, se trouvait d'abord dans le coffre-fort de la personne à qui appartenaient les neuf Bons, un industriel de Strasbourg, et nous savons maintenant que le lendemain du jour où cet industriel avait déposé l'enveloppe à la banque, son coffre-fort fut fracturé. Par qui ? Les fragments d'une lettre que nous avons recueillis nous l'apprennent. Par Arsène Lupin.

— La lettre était réellement d'Arsène Lupin ?

— Oui.

— Adressée ?...

— À une femme qui semble être sa maîtresse. Il lui dit, entre autres choses :

"J'ai tout lieu de supposer que les Bons que j'ai ratés ont été subtilisés à la banque par un des employés, Alphonse Audigrand. Si ça t'amuse, tâche de retrouver ses traces à Paris où j'arriverai dimanche soir. Pour moi, d'ailleurs, cela ne m'intéresse plus beaucoup. Je ne pense qu'à l'autre affaire... celle des dix millions. Voilà qui vaut la peine qu'on se dérange ! C'est en fort bonne voie..."

— Pas de signature, bien entendu ?

— Si. Regardez. *Ars. L.* »

Et M. Gautier acheva :

« Dimanche, c'est le jour où vous étiez au Ciné-Balthazar, et où s'y trouvait Alphonse Audigrand avec sa maîtresse ?

— Et une autre femme s'y trouvait également, chef, s'écria Victor, une femme très belle, qui, sans aucun doute, surveillait Audigrand... et qui est celle que j'ai aperçue, la nuit, quand elle s'enfuyait après l'assassinat du père Lescot. »

Victor allait et venait dans la pièce, sans dissimuler une agitation qui étonnait chez cet homme toujours si maître de lui.

« Chef, dit-il à la fin, dès l'instant qu'il s'agit de ce damné personnage, je marche à fond.

— Vous avez l'air de l'exécrer.

— Moi ? Je ne l'ai jamais vu... je ne le connais ni d'Ève ni d'Adam, et il ne me connaît pas non plus.

— Alors ?

— Alors, dit-il, la mâchoire serrée, ça n'empêche pas que nous avons un compte à régler, lui et moi. Et un compte sérieux. Mais parlons du présent. »

Et, sans plus tarder, il raconta par le menu tout ce qu'il avait fait la veille et au cours de la matinée, son enquête à Garches, ses entrevues avec le ménage d'Autrey, avec le ménage Géraume, et avec la demoiselle Élise Masson. Pour celle-ci, il montra la fiche qu'il avait prise, en passant, au service de l'Identité.

« ... Orpheline, fille de père alcoolique et de mère tuberculeuse. Renvoyée des Folies-Bergère à la suite de plusieurs vols commis dans les loges de ses camarades. Certains indices laisseraient supposer qu'elle sert d'indicatrice à une bande internationale. Tuberculeuse au deuxième degré. »

Il y eut un silence. L'attitude de M. Gautier exprimait à quel point il était satisfait des résultats obtenus par Victor.

« Votre avis, Mauléon ?

— C'est du bon travail, répondit le commissaire, qui, naturellement, fit ses réserves. Du bon travail, qui demande à être examiné de près. Si vous le voulez bien, je reprendrai moi-même l'interrogatoire du baron.

— Vous le reprendrez tout seul, marmonna Victor avec son sans-gêne habituel. Je vous attends dans mon auto.

— Et l'on se retrouvera ici ce soir, conclut le directeur. Nous pourrons alors fournir des éléments sérieux à l'instruction que le Parquet vient d'ouvrir à Paris. »

Au bout d'une heure, Mauléon ramenait le baron vers l'auto et disait à Victor :

« Rien à faire avec ce coco-là.

— Aussi, proposa Victor, nous allons chez la demoiselle Élise Masson ? »

Le commissaire objecta :

« Bah ! elle est surveillée. La perquisition aura lieu tantôt, et même avant notre arrivée. Il y a plus urgent, à mon sens.

— Quoi ?

— Que faisait, au moment du crime, Gustave Géraume, conseiller municipal de Garches et propriétaire des d'Autrey ? C'est une question que sa femme pose elle-même et que j'aimerais poser à son ami Félix Devalle, marchand de biens et agent de location à Saint-Cloud, dont je viens de me procurer l'adresse. »

Victor haussa les épaules et s'installa au volant, près de Mauléon. D'Autrey et un inspecteur prirent place en arrière.

À Saint-Cloud, les deux policiers trouvèrent dans son bureau Félix Devalle, grand gaillard brun, à la barbe soignée, et qui, aux premiers mots, pouffa de rire.

« Ah ! çà, mais, qu'est-ce qui se trame contre mon ami Géraume ? Dès ce matin, coup de téléphone de sa femme, et, depuis, deux visites de journalistes.

— À propos de quoi ?

— De l'heure à laquelle il est rentré avant-hier soir jeudi.

— Et vous avez répondu !

— La vérité, parbleu ! Dix heures et demie sonnaient lorsqu'il m'a déposé devant ma porte.

— C'est que, justement, sa femme prétend qu'il n'a dû rentrer qu'au milieu de la nuit.

— Oui, je sais, elle crie cela sur les toits, comme une brave petite femme affolée de jalousie. "— Qu'est-ce que tu as fait à partir de dix heures et demie du soir ? Où étais-tu ?" Alors, la justice s'en mêle, les reporters rappliquent chez moi, et, comme un crime a été commis à ces heures-là, voici mon pauvre Gustave devenu suspect ! »

Il riait de bon cœur. Gustave, voleur et assassin! Gustave, qui n'aurait pas écrasé une mouche!

«Votre ami était un peu gris?

— Oh! à peine. La tête lui tourne si facilement! Il voulait même m'entraîner à cinq cents mètres d'ici, à l'estaminet du Carrefour qui ne ferme qu'à minuit. Sacré Gustave!»

Les deux policiers s'y rendirent, à cet estaminet. Il leur fut répondu que l'avant-veille, en effet, M. Gustave Géraume, un habitué de la maison, était venu boire un kummel un peu après dix heures et demie.

Et ainsi, la question se posait avec une force croissante: «Qu'est-ce que Gustave Géraume avait fait à partir de dix heures et demie jusqu'au milieu de la nuit?»

Ils ramenèrent le baron d'Autrey à sa porte, ainsi que l'inspecteur préposé à sa garde, et Mauléon voulut pousser jusqu'à la villa de Géraume.

Les deux époux étaient absents.

«Allons déjeuner, dit Mauléon. Il est tard.»

Ils déjeunèrent aux Sports, échangeant à peine quelques phrases. Par son silence, par son air de mauvaise humeur, Victor laissait voir combien les préoccupations du commissaire lui semblaient puériles.

«Enfin quoi! s'écria Mauléon, vous n'estimez pas qu'il y a quelque chose de bizarre dans la conduite de cet individu?

— Quel individu?

— Gustave Géraume.

— Gustave Géraume? Ça passe en second pour moi.

— Mais, sacrebleu, dites-moi votre programme!

— Filer tout droit chez Élise Masson.

— Et le mien, proféra Mauléon, qui s'échauffait vite et s'entêtait, c'est de voir Mme d'Autrey. Allons-y.

— Allons-y», acquiesça Victor, dont les haussements d'épaules s'accentuaient.

L'inspecteur, mis en faction sur le trottoir, veillait devant la maison. Ils montèrent. Mauléon sonna. On leur ouvrit.

Ils allaient entrer lorsqu'on les rappela d'en bas : un agent grimpait à toutes jambes. C'était l'un des deux cyclistes que Victor avait chargé de garder l'immeuble de la rue de Vaugirard, où habitait Élise Masson.

« Eh bien, qu'est-ce qu'il y a ? demanda-t-il.

— Elle a été tuée... étranglée probablement...

— Élise Masson ?

— Oui. »

3

Mauléon était un impulsif. Se rendant compte qu'il avait eu tort de ne pas commencer les opérations par la rue de Vaugirard, comme le voulait son compagnon, il bouillonna d'une colère subite, et, ne sachant à qui s'en prendre, il fit irruption dans la pièce où se trouvait le ménage d'Autrey, et cria, avec l'espoir sans doute de provoquer une réaction dont il tirerait parti :

« On l'a tuée !... Voilà ce que c'est ! Pourquoi ne nous avoir pas avertis du danger qu'elle courait, la malheureuse ?... Si on l'a tuée, c'est que vous lui aviez confié les titres, d'Autrey... et que quelqu'un le savait. Qui ? Êtes-vous disposé à nous aider, maintenant ? »

Victor voulut s'interposer. Mais Mauléon s'obstina :

« Alors, quoi ? prendre des gants ? Ce n'est pas mon habitude. La maîtresse de d'Autrey a été assassinée. Je lui demande si, oui ou non, il peut nous mettre sur une piste ?... et tout de suite ! sans tarder ! »

S'il y eut réaction, ce ne fut pas chez M. d'Autrey, qui, lui, demeura stupide, les yeux écarquillés, et comme s'il cherchait à saisir le sens des paroles prononcées. Mais Gabrielle d'Autrey s'était dressée, et, toute rigide, elle regardait son mari, attendant une protestation, une révolte, un sursaut. Elle dut s'appuyer, prête à tomber. Lorsque Mauléon se tut, elle balbutia :

«Tu avais une maîtresse... Toi! toi! Maxime! une maîtresse... Ainsi, chaque jour, quand tu allais à Paris...»

Elle répéta, la voix basse, tandis que ses joues couperosées devenaient toutes grises :

«Une maîtresse!... une maîtresse!... Comment est-ce possible!... tu avais une maîtresse!...»

À la fin, il répondit, sur le même ton de gémissement :

«Pardonne-moi, Gabrielle... Cela est arrivé, je ne sais pas comment... Et puis, voilà qu'elle est morte...»

Elle fit le signe de la croix.

«Elle est morte...

— Tu as entendu... Tout ce qui se passe depuis deux jours est terrible... je n'y comprends rien... un cauchemar... Pourquoi me torturer ainsi? Pourquoi ces gens-là veulent-ils m'arrêter?»

Elle tressaillit.

«T'arrêter... Mais tu es fou... T'arrêter, toi!»

Elle eut une explosion de désespoir, qui la jeta par terre, et, à genoux, les mains jointes et tendues vers le commissaire, elle suppliait :

«Non, non... vous n'avez pas le droit... je vous jure, moi, qu'il est innocent. Quoi? pour le meurtre du père Lescot? Mais puisqu'il était près de moi... Ah! sur mon salut éternel... il m'a embrassée... et puis... et puis... je me suis endormie dans ses bras... Oui dans ses bras... Alors, comment voulez-vous?... Non, n'est-ce pas? ce serait monstrueux?»

Elle bégaya quelques mots encore, à la suite de quoi sa voix, s'épuisant, devint indistincte. Elle s'évanouit.

Tout cela, son chagrin de femme trompée, son effroi, ses prières, son évanouissement, tout cela fort naturel et profondément sincère. Il n'était pas admissible qu'elle mentît.

Maxime d'Autrey pleurait, sans songer à la soigner. Au bout d'un instant, à moitié réveillée, elle aussi pleura avec des sanglots.

Mauléon prit le bras de Victor et l'entraîna. Dans le vestibule, la vieille bonne, Anna, écoutait à la porte. Il lui jeta :

« Vous leur direz de ne pas bouger jusqu'à ce soir... jusqu'à demain... D'ailleurs, il y a quelqu'un de faction en bas, qui s'y opposerait. »

Dans l'auto, il formula, d'un ton excédé :

« Ment-elle ? Est-ce qu'on sait ! J'en ai vu des comédiennes ! Qu'en pensez-vous ? »

Mais Victor garda le silence. Il conduisait très vite, si vite que Mauléon eût voulu le modérer. Il n'osa pas, craignant que Victor ne redoublât. Ils étaient furieux l'un contre l'autre. Les deux collaborateurs associés par le directeur de la Police judiciaire ne s'entendaient pas.

La fureur de Mauléon persistait lorsqu'ils franchirent la foule attroupée au coin de la rue de Vaugirard, et qu'ils pénétrèrent dans la maison. Victor, au contraire, était calme et maître de lui.

Voici les renseignements qui lui furent communiqués, et les faits qu'il nota par lui-même.

À une heure, les agents chargés de la perquisition ayant sonné en vain au palier du troisième étage, et sachant par les cyclistes qui veillaient dans la rue que la demoiselle Élise Masson n'avait pas quitté l'immeuble, s'enquirent du serrurier le plus voisin. La porte fut ouverte, et, dès l'entrée, ils virent Élise Masson qui gisait sur le lit-divan de sa chambre, renversée, livide, les bras raidis et les poignets pour ainsi dire tordus par l'effort de sa résistance.

Pas de sang. Aucune arme. Aucune trace de lutte parmi les meubles et les objets. Mais la figure était boursouflée et couverte de taches noires.

« Des taches significatives, déclarait le médecin légiste. Il y a eu strangulation, au moyen d'une corde ou d'une serviette… peut-être d'un foulard… »

Tout de suite, Victor remarqua l'absence du foulard orange et vert que portait la victime. Il interrogea. Personne ne l'avait vu.

Fait singulier, les tiroirs n'avaient pas été touchés, non plus que l'armoire à glace. Victor retrouva le sac de voyage et la valise, exactement dans l'état où il les avait laissés le matin. Cela signifiait-il que l'assassin n'avait pas cherché les Bons de la Défense, ou qu'il savait qu'ils n'étaient point dans l'appartement ?

Questionnée, la concierge fit observer que la position défectueuse de sa loge ne lui permettait pas de discerner toujours les gens qui entraient ou sortaient, et que, vu le nombre des appartements, il en passait beaucoup. Bref, elle n'avait rien noté d'anormal et ne pouvait donner aucune indication.

Mais Mauléon prit Victor à part. Un des locataires du cinquième étage avait croisé, un peu avant midi, entre le deuxième et le troisième, une femme qui descendait l'escalier très vite, et il avait eu l'impression qu'une des portes du troisième venait de se refermer. Cette femme était habillée simplement, comme une petite bourgeoise. Il n'avait pu voir sa figure, qu'elle paraissait dissimuler.

Mauléon ajouta :

« La mort remonte à peu près à la fin de la matinée, selon le médecin légiste, qui, cependant, ne peut préciser à deux ou trois heures près, étant donné le mauvais état de santé. D'autre part, il résulte d'un premier examen que les objets forcément touchés par l'assassin ne présentent aucune empreinte digitale. C'est la précaution usuelle des gants. »

Victor s'assit dans un coin, les yeux attentifs. Il considérait un des agents qui fouillait la pièce avec méthode, qui soulevait chaque bibelot, scrutait les murs, secouait les rideaux. Un vieil étui à cigarettes, hors d'usage, en paille tressée, fut ouvert et vidé. Il contenait une quinzaine de pâles et mauvaises photographies.

Victor les examina à son tour. C'étaient des photos d'amateur, comme on en prend au cours d'une partie de plaisir, entre camarades. Camarades d'Élise Masson, figurantes, midinettes, commis de magasin... Mais, sous un chiffon de papier de soie qui garnissait le fond de l'étui, il en découvrit une, pliée en quatre, mieux réussie, quoique du même genre, et il fut à peu près sûr qu'elle représentait la mystérieuse créature du Ciné-Balthazar et de *La Bicoque*.

Il mit l'étui dans sa poche et n'en parla pas.

CHAPITRE IV

ARRESTATIONS

1

La réunion prévue par le directeur de la Police judiciaire eut lieu dans le cabinet de M. Validoux, juge d'instruction désigné, qui arrivait de *La Bicoque* où il avait commencé son enquête et recueilli des témoignages.

Réunion assez confuse. L'affaire des Bons de la Défense, qui, deux fois déjà, aboutissait à des crimes, frappait l'imagination du public. Les journaux faisaient rage. Et par là-dessus, voilà que le nom d'Arsène Lupin surgissait dans le tumulte et l'incohérence d'événements contradictoires, d'hypothèses invraisemblables, d'accusations sans fondement, et de racontars sensationnels. Tout cela, ramassé dans le court espace d'une semaine, où chaque jour apportait un coup de théâtre.

« Il faut agir vite, et réussir dès maintenant, insista le préfet de police, qui vint lui-même écouter le rapport du commissaire Mauléon, et se retira sur un appel pressant à l'initiative de chacun.

— Agir vite, grommela M. Validoux, qui était un placide, un indécis, et qui avait précisément pour théorie qu'on doit se laisser mener par les événements. Agir vite, c'est bientôt dit. Mais agir en quel sens ? et comment réussir ? Dès qu'on s'attaque aux faits, toute réalité se dissipe, toute certitude s'écroule, et les arguments s'opposent les uns aux autres, tous aussi logiques, et tous aussi fragiles. »

D'abord, rien ne prouvait de manière irréfutable qu'il y eût corrélation entre le vol des Bons de la Défense et l'assassinat du père Lescot. Alphonse Audigrand et la dactylographe Ernestine ne niaient pas le rôle transitoire joué par eux. Mais la dame Chassain protestait, et, quoique ses relations intimes avec le père Lescot purent être établies, la course de l'enveloppe jaune s'interrompait là. De sorte que, s'il y avait de fortes présomptions contre le baron d'Autrey, les motifs de son crime demeuraient sans explication certaine.

Enfin, quel lien pouvait-on découvrir entre le meurtre du père Lescot et le meurtre d'Élise Masson ?

« En résumé, formula le commissaire Mauléon, toutes ces affaires ne sont rattachées entre elles que par l'élan de l'inspecteur Victor, lequel est parti, dimanche dernier, du Ciné-Balthazar, pour aboutir aujourd'hui, sans se ralentir, près du cadavre d'Élise Masson. C'est donc, en dernière analyse, son interprétation qu'il nous impose. »

L'inspecteur Victor ne manqua pas de hausser les épaules. Ces conciliabules l'excédaient. Son silence opiniâtre mit fin à la discussion.

Le dimanche, il manda chez lui un de ces anciens agents de la Sûreté qui ne se décident pas à quitter la Préfecture, même après leur retraite, et que l'on continue d'employer en raison de leur fidélité et des services qu'ils ont rendus. Le vieux Larmonat était tout dévoué à Victor, en admiration devant lui, et toujours prêt à remplir les missions délicates que Victor lui confiait.

« Informe-toi aussi minutieusement que possible, lui dit-il, de l'existence que menait Élise Masson, et tâche de découvrir si elle n'avait pas quelque ami plus intime, ou bien, en dehors de Maxime d'Autrey, quelque liaison plus agréable. »

Le lundi, Victor se rendit à Garches où le Parquet qui avait enquêté, le matin, dans l'appartement d'Élise Masson, reconstitua, l'après-midi, sur ses indications, le crime de *La Bicoque*.

Convoqué, le baron d'Autrey fit bonne contenance, et se défendit avec une vigueur qui impressionna. Cependant, il parut établi qu'on l'avait vu réellement, le lendemain du crime, en taxi, dans les environs de la gare du Nord. Les deux valises toutes prêtes trouvées chez lui, justifiaient, avec la casquette grise, les soupçons les plus graves.

Les magistrats voulurent interroger en présence l'un de l'autre le mari et la femme, et l'on fit venir la baronne. Son entrée dans la petite salle de *La Bicoque* causa de la stupeur. Elle avait un œil tuméfié, une joue griffée jusqu'au sang, la mâchoire de travers, et elle se tenait courbée. Tout de suite, la vieille bonne, Anna, qui la soutenait, lui coupa la parole, et, montrant le poing au baron, s'écria :

« C'est lui, monsieur le juge, qui l'a mise dans cet état ce matin. Il l'aurait assommée, si je ne les avais séparés. Un fou, monsieur le juge, un fou furieux... Il frappait comme un sourd, à tour de bras, et sans souffler mot. »

Maxime d'Autrey refusa de s'expliquer. D'une voix épuisée, la baronne avoua, par bribes, qu'elle n'y comprenait rien. Son mari s'était jeté sur elle, subitement, alors qu'ils parlaient en bonne amitié.

« Il est si malheureux ! ajouta-t-elle. Tout ce qui arrive là lui fait perdre la tête... Jamais il ne m'a frappée... Il ne faut pas le juger là-dessus. »

Elle lui tenait la main et le regardait affectueusement, tandis que lui, les yeux rouges, l'air lointain, vieilli de dix ans, pleurait.

Victor posa une question à la baronne.

« Vous affirmez toujours que votre mari est rentré à onze heures, jeudi soir ?

— Oui.

— Et qu'après s'être couché il vous a embrassée ?

— Oui.

— Bien. Mais êtes-vous certaine qu'il ne s'est pas relevé une demi-heure ou une heure plus tard ?

— Certaine.

— Sur quoi fondez-vous votre certitude ?

— S'il n'avait plus été là, je l'aurais bien senti, puisque j'étais dans ses bras. En outre... »

Elle rougit, comme il lui advenait souvent, et elle murmura :

« Une heure plus tard, encore tout assoupie, je lui ai dit : "Tu sais, aujourd'hui c'est mon anniversaire."

— Alors ?

— Alors il m'a embrassée de nouveau. »

Sa réserve, sa pudeur avaient quelque chose d'attendrissant. Mais, toujours, revenait cette question : ne jouait-elle pas la comédie ? Si profonde que fût l'impression de sincérité qu'elle donnait, ne pouvait-on supposer que, pour sauver son mari, elle trouvât les accents justes qu'impose la conviction ?

Les magistrats demeuraient irrésolus. L'arrivée subite du commissaire Mauléon, qui était resté à la Préfecture, retourna la situation. Les ayant attirés dans le petit jardin de *La Bicoque*, il leur dit avec véhémence :

« Du nouveau... deux faits importants... trois même... D'abord, l'échelle de fer employée par la complice que l'inspecteur Victor aperçut à la fenêtre du premier étage. Cette échelle, on l'a retrouvée, ce matin, dans le parc abandonné d'une propriété sise le long de la côte qui descend du Haras de La Celle jusqu'à Bougival. La fugitive, ou les fugitifs, l'auront jetée par-dessus le mur. Aussitôt, j'ai envoyé chez le fabricant. L'échelle a été vendue à une femme qui semblerait être la femme que l'on a rencontrée près du logement d'Élise Masson, au moment du crime de la rue de Vaugirard. Et d'un ! »

Mauléon reprit haleine et continua :

« Deuxièmement. Un chauffeur s'est présenté au quai des Orfèvres pour une déclaration que j'ai reçue. Vendredi après-midi, lendemain du meurtre Lescot, il stationnait au Luxembourg, lorsqu'un monsieur qui portait une valise de toile et une dame avec un sac de voyage à la main sont montés dans un taxi : "Gare du Nord. — Au départ ? — Oui", dit le monsieur. Ils devaient être en avance sur leur train, car ils sont bien restés une heure dans la voiture, aux environs de la gare. Puis ils ont été s'asseoir à une terrasse de café, et le chauffeur les a vus acheter un journal du soir à un camelot qui passait. À la fin, le monsieur a ramené la dame, qui s'est fait reconduire toute seule au Luxembourg et qui est repartie à pied, avec ses deux bagages, du côté de la rue de Vaugirard.

— Le signalement ?

— Celui du baron et de sa maîtresse.

— L'heure ?

— Cinq heures et demie. Donc, ayant changé d'avis, je ne sais pourquoi, renonçant à fuir à l'étranger, M. d'Autrey renvoie sa maîtresse chez elle, prend de son côté un taxi — que nous retrouverons — et arrive pour le train de six heures qui le met à Garches, où il se présente en honnête homme, décidé à faire front aux événements.

— En troisième lieu ? questionna le juge d'instruction.

— Une dénonciation anonyme, par téléphone, visant le conseiller municipal Gustave Géraume. On sait quel intérêt j'ai tout de suite attaché à cette piste que l'inspecteur Victor négligeait. L'individu qui m'a téléphoné déclare que, si l'on poursuivait l'enquête vigoureusement, on saurait ce qu'a fait le conseiller municipal Gustave Géraume après s'être arrêté à l'estaminet du Carrefour, et, en particulier, il y aurait intérêt à fouiller dans le secrétaire de son cabinet. »

Mauléon avait terminé. On l'envoya, ainsi que l'inspecteur Victor, à la villa du conseiller municipal. L'inspecteur Victor s'y rendit en rechignant.

2

Ils trouvèrent Gustave Géraume avec sa femme, dans son cabinet, et, lorsqu'il eut reconnu Victor et que Mauléon se fut nommé, Gustave Géraume croisa les bras, et s'écria, avec une indignation où il y avait autant de jovialité que de colère :

« Ah ! non, alors ! Ce n'est pas fini, cette plaisante-rie ? Depuis trois jours que ça dure, vous croyez que c'est une vie ? Mon nom dans les journaux ! Des gens qui ne me saluent pas !... Hein ! Henriette, voilà ce que c'est que de clabauder comme tu l'as fait, et de raconter ce qui se passe dans notre ménage ! Tout le monde se retourne contre nous aujourd'hui. »

Henriette, que Victor avait vue si fougueuse, baissa la tête et chuchota :

« Tu as raison, je te l'ai dit. L'idée que Devalle t'avait entraîné avec des femmes m'a fait perdre la tête. C'est idiot ! D'autant plus que je me suis trom-pée et que tu es rentré bien avant minuit. »

Le commissaire Mauléon désigna un meuble d'acajou.

« Vous avez sur vous la clef de ce secrétaire, monsieur ?

— Certes.

— Ouvrez-le, je vous prie.

— Pourquoi pas ? »

Il sortit de sa poche un trousseau de clefs et rabat-tit le devant du secrétaire, ce qui découvrit une demi-douzaine de petits tiroirs. Mauléon les visita.

58

Dans l'un d'eux, il y avait un sachet de toile noire, noué par une ficelle. À l'intérieur de ce sachet, des paillettes d'une substance blanche...

Mauléon prononça :

« De la strychnine. Où avez-vous pu vous procurer tout cela ?

— Facilement, répondit Gustave Géraume. J'ai une chasse en Sologne, et pour détruire la vermine...

— Vous savez que le chien de M. Lescot a été empoisonné avec de la strychnine ? »

Gustave Géraume rit franchement.

« Et après ? Je suis seul à en posséder ? J'ai un privilège ? »

Henriette ne riait pas, elle. Son joyeux visage prenait une expression d'effroi.

« Ouvrez-moi votre bureau », ordonna Mauléon.

Géraume, qui semblait s'inquiéter à la longue, hésita, puis obéit.

Mauléon feuilleta des papiers, jeta un coup d'œil sur des dossiers et sur des registres. Apercevant un browning, il l'examina, puis mesura le diamètre du canon avec un double décimètre.

« C'est un browning à sept coups, dit-il, qui semble bien être un sept millimètres soixante-cinq.

— Un sept millimètres soixante-cinq, oui, déclara Géraume.

— C'est donc un browning de même calibre que celui avec lequel on a tiré deux balles, l'une qui a tué net le père Lescot, l'autre qui a blessé l'inspecteur Hédouin.

— Qu'est-ce que vous voulez que ça me fasse ? s'exclama Géraume. Je ne me suis pas servi du mien depuis que je l'ai acheté... il y a cinq ou six ans. »

Mauléon retira le chargeur. Il manquait deux balles.

Le commissaire insista.

« Deux balles manquent. »

Et, après un nouvel examen, il reprit :

« Et, quoi que vous en disiez, monsieur, il me semble bien que l'intérieur du canon garde des traces de poudre récemment brûlée. Les experts apprécieront. »

Gustave Géraume resta longtemps confondu. Ayant réfléchi, il haussa les épaules.

« Tout cela n'a ni queue ni tête, monsieur. Vous auriez contre moi vingt preuves de ce genre que cela ne changerait rien à la vérité. Au contraire, si j'étais coupable, il n'y aurait pas dans ce secrétaire de la strychnine, et dans ce bureau un revolver auquel il manquerait deux balles.

— Comment expliquez-vous ?…

— Je n'explique rien. Le crime a été commis, paraît-il, à une heure du matin. Or, mon jardinier Alfred, dont le logement est à trente pas de mon garage, m'affirmait encore, il y a un instant, que je suis rentré vers onze heures. »

Il se leva, et, par la fenêtre, appela :

« Alfred ! »

Le jardinier Alfred était un timide, qui, avant de répondre, tourna vingt fois sa casquette entre ses doigts.

Mauléon s'irrita :

« Enfin quoi, quand votre maître remise son auto, l'entendez-vous, oui ou non ?

— Dame ! ça dépend… il y a des jours…

— Mais ce jour-là ?

— Je ne suis pas bien sûr… je crois…

— Comment ! s'écria Gustave Géraume, vous n'êtes pas sûr ?… »

Mauléon intervint, et, s'approchant du jardinier, formula, d'un ton sévère :

« Il ne s'agit pas de biaiser… Un faux témoignage peut avoir pour vous les pires conséquences. Dites l'exacte vérité… simplement… À quelle heure avez-vous entendu ce soir-là le bruit de l'auto ? »

Alfred palpa de nouveau sa casquette, avala sa salive, renifla, et, à la fin, chevrota :

«Aux environs d'une heure et quart... une heure et demie peut-être... »

C'est à peine s'il eut le temps d'achever sa phrase. Le placide et jovial Géraume le poussa vers la porte et le mit dehors d'un coup de pied au derrière.

«Décampez! Que je ne vous revoie plus... On vous réglera ce soir... »

Puis, brusquement soulagé, il revint vers Mauléon et lui dit:

«Ça va mieux... Faites ce que vous voudrez... Mais je vous avertis... On ne tirera pas de moi un mot... un seul mot... Débrouillez-vous comme vous pourrez!... »

Sa femme se jeta dans ses bras en sanglotant. Il suivit Mauléon et Victor jusqu'à *La Bicoque*.

Le soir même, le baron d'Autrey et Gustave Géraume, amenés dans les locaux de la Police judiciaire, étaient mis à la disposition du juge d'instruction.

Ce soir-là, M. Gautier, le directeur de la Police judiciaire, rencontrant Victor, lui dit:

«Eh bien, Victor, nous avançons, hein?

— Un peu trop vite, chef.

— Expliquez-vous.

— Bah! à quoi bon? Il fallait donner une satisfaction à l'opinion publique. C'est fait. Vive Mauléon! À bas Victor!»

Il retint son supérieur.

«Dès que l'on connaîtra le chauffeur qui a conduit le baron de la gare du Nord à la gare Saint-Lazare, le lendemain du crime, promettez-moi de m'en avertir, chef.

— Qu'espérez-vous?

— Retrouver les Bons de la Défense...

— Bigre! Et en attendant?...

— En attendant, je m'occupe d'Arsène Lupin. Toute cette affaire entortillée et biscornue, faite de pièces et de morceaux, ne prendra sa véritable signi-

fication que quand le rôle d'Arsène Lupin sera nettement établi. Jusque-là, bouteille à l'encre, galima-
tias et cafouillis. »

3

L'opinion publique, en effet, fut satisfaite. Les événements ne jetaient aucune clarté ni sur le crime de
La Bicoque, ni sur le crime de la rue de Vaugirard,
ni sur le vol des Bons. Mais, le lendemain, après
un interrogatoire inutile d'ailleurs puisque aucune
question n'obtint de réponse, d'Autrey et Géraume
couchaient à la Santé. Pour les journaux, comme
pour le public, l'un et l'autre étaient complices dans
une vaste entreprise montée sans aucun doute par
Arsène Lupin. Entre eux et Arsène Lupin, une femme,
sa maîtresse évidemment, avait servi d'intermédiaire.
L'instruction déterminerait le rôle de chacun.

« Après tout, se disait Victor, tout cela n'est pas si
mal raisonné. L'essentiel, c'est d'atteindre ce Lupin,
et comment l'atteindre sinon par sa maîtresse, et en
s'assurant que la dame du Ciné-Balthazar, la femme
de *La Bicoque*, l'acheteuse de l'échelle, et l'ouvrière
rencontrée à l'étage d'Élise Masson ne font qu'une
seule et unique femme ? »

Il montra la photo qu'il possédait au commis de
magasin qui avait vendu l'échelle, puis au locataire
qui avait avisé l'ouvrière. Réponse analogue : si ce
n'est pas elle, elle lui ressemble diablement !

Enfin, un matin, il reçut un pneumatique de son
fidèle ami Larmonat.

« *Sur la piste. Je vais près de Chartres à l'enterre-
ment d'Élise Masson. À ce soir.* »

Le soir, Larmonat lui amenait une amie d'Élise, la
seule qui eût effectué le déplacement et suivi l'humble
convoi de l'orpheline. Armande Dutrec, une belle

fille brune, franche de manières, s'était liée au music-hall avec Élise et la voyait souvent. Sa camarade lui avait toujours paru une nature mystérieuse «ayant des relations louches», disait-elle.

Victor la pria d'examiner toutes les photos. En face de la dernière, la réaction fut immédiate.

«Ah! celle-là, je l'ai vue... une grande, très pâle, avec des yeux qu'on n'oublie pas. J'avais rendez-vous avec Élise, près de l'Opéra. Élise est descendue d'une auto qu'une dame conduisait... cette dame-ci, j'en réponds.

— Élise ne vous en a pas parlé?

— Non. Mais, une fois, j'ai surpris sur une lettre qu'elle mettait à la poste cette adresse: *Princesse*... et puis un nom russe que j'ai mal lu... et un nom d'hôtel, place de la Concorde. Je suis persuadée qu'il s'agissait d'elle.

— Il y a longtemps?

— Trois semaines. Je n'ai plus revu Élise depuis. Sa liaison avec le baron d'Autrey l'occupait beaucoup. Et puis elle se sentait malade, et ne pensait qu'à se soigner dans les montagnes.»

Le soir même, Victor apprenait qu'une princesse Alexandra Basileïef avait séjourné dans un grand hôtel de la Concorde et qu'on lui renvoyait sa correspondance au Cambridge des Champs-Élysées.

La princesse Basileïef? Un jour suffit à Victor et à Larmonat pour savoir qu'il y avait à Paris l'unique descendante d'une grande et vieille famille russe portant ce nom, que son père, sa mère et ses frères avaient été massacrés par ordre de la Tchéka, et que, elle, Alexandra Basileïef, laissée pour morte, avait pu se sauver et franchir la frontière. Sa famille ayant toujours eu des propriétés en Europe, elle était riche et vivait à sa guise, originale, plutôt sauvage, en relations cependant avec quelques dames de la colonie russe, qui l'appelaient toujours la princesse Alexandra. Elle avait trente ans.

Larmonat s'enquit à l'hôtel Cambridge. La princesse Basileïef sortait fort peu, prenait souvent le thé dans le hall de danse, et dînait également au restaurant de l'hôtel. Elle ne parlait jamais à personne.

Un après-midi, Victor alla discrètement s'installer parmi la foule élégante qui tourbillonnait ou papotait aux sons de l'orchestre.

Une grande femme pâle, très blonde, passa et prit place à quelque distance. C'était elle.

Oui, c'était elle, la dame du Ciné-Balthazar! elle, la vision entraperçue à la fenêtre de *La Bicoque*! C'était elle, et néanmoins…

Au premier abord, aucun doute possible. Deux femmes ne donnent pas cette même impression de beauté spéciale, n'ont pas ce même regard clair, et cette même pâleur, et cette même allure. Mais des cheveux blonds, couleur de paille, légers et bouclés, enlevaient à la physionomie tout le côté pathétique qui s'associait, dans le souvenir de Victor, à des cheveux couleur fauve.

Dès lors, il fut moins sûr. Deux fois, il revint sans retrouver l'absolue certitude que lui avait imposée le premier choc. Mais, d'autre part, cette expression pathétique enregistrée la nuit, à Garches, ne provenait-elle pas des circonstances, du crime commis, du danger couru, de l'épouvante?

Il fit venir l'amie d'Élise Masson.

«Oui, dit-elle aussitôt, c'est la dame que j'ai vue avec Élise, dans son automobile… oui, je crois bien que c'est elle…»

Deux jours plus tard, un voyageur arrivait au Cambridge. Il inscrivait sur la feuille d'identité qu'on lui présenta: Marcos Avisto — soixante-deux ans — venant du Pérou.

Nul n'aurait pu reconnaître, dans ce monsieur respectable, extrêmement distingué, vêtu avec une sobre recherche, le policier Victor, de la Brigade mondaine, si raide en son veston d'adjudant retraité, et à l'air si peu engageant. Dix ans de plus. Des cheveux tout blancs. L'air aimable de quelqu'un pour qui la vie n'a que faveurs et privilèges.

On lui donna une chambre au troisième étage. L'appartement de la princesse se trouvait à cet étage, une dizaine de portes plus loin.

« Tout va bien, se dit Victor. Mais il n'y a plus de temps à perdre. Il faut attaquer, et vite ! »

CHAPITRE V

LA PRINCESSE BASILEÏEF

1

Dans l'immense caravansérail aux cinq cents chambres, où la foule affluait l'après-midi et le soir, un homme comme Marcos Avisto, sur qui rien n'attirait particulièrement l'attention, avait beau jeu pour n'être pas remarqué par une femme aussi distraite et qui semblait aussi absorbée en elle-même que la princesse Alexandra Basileïef.

Cela lui permit d'exercer une surveillance presque ininterrompue. Durant ces quatre premiers jours, elle ne quitta certainement pas l'hôtel. Ni visite ni correspondance. Si elle communiquait avec l'extérieur, elle ne le pouvait que par le téléphone de sa chambre, ainsi que faisait Victor avec son camarade Larmonat.

L'heure qu'il attendait le plus impatiemment était celle du dîner. Bien qu'évitant de croiser jamais son regard, il ne la quittait pas des yeux, et c'était un spectacle qui le captivait. On eût dit que, sous son apparence d'homme du monde, il se permettait des émotions et des admirations interdites à l'inspecteur de la Brigade mondaine. Il se révoltait à l'idée qu'une pareille créature pût être la proie d'un aventurier, et grognait en lui-même :

« Non... ce n'est pas possible... une femme de sa race et de sa qualité n'est pas la maîtresse d'un misérable comme ce Lupin. »

Et devait-on admettre que ce fût elle la voleuse de *La Bicoque* et la meurtrière de la rue de Vaugirard ? Est-ce qu'on tue pour voler quelques centaines de mille francs quand on est riche, et qu'on a ces mains de patricienne, effilées et blanches, où étincelaient des diamants ?

Le quatrième soir, comme elle remontait après avoir fumé quelques cigarettes dans un coin du hall, il s'arrangea pour être assis dans l'ascenseur qu'elle allait prendre. Il se leva aussitôt, s'inclina, mais ne la regarda pas.

Il en fut de même le cinquième soir, comme par hasard. Et cela se produisait de façon si naturelle, que, si vingt rencontres se fussent produites, il en eût été selon le même mode d'indifférence polie et de distraction réciproque. Elle restait toujours debout près du garçon d'ascenseur, face à la sortie ; Victor derrière elle.

Le sixième soir, le hasard ne se renouvela pas.

Mais, le septième, Victor se présenta au moment où l'on fermait la grille. Il prit sa placc habituelle au fond de la cabine.

Au troisième étage, la princesse Basileïef sortit et se dirigea vers son appartement, à droite. Victor, qui habitait du même côté, mais plus loin, suivit.

Elle n'avait pas fait dix pas dans le couloir désert, qu'elle porta brusquement la main sur sa nuque et s'arrêta net.

Victor arrivait. Elle lui saisit le bras, vivement, et scanda, d'une voix agitée :

« Monsieur... on m'a pris une agrafe d'émeraude... que j'avais là, dans les cheveux... Ça s'est passé dans l'ascenseur... j'en suis sûre... »

Il eut un haut-le-corps. Le ton était agressif.

« Désolé, madame… »

Durant trois secondes, leurs yeux s'accrochèrent. Elle se domina.

« Je vais chercher, dit-elle, en revenant sur ses pas… Sans doute, l'agrafe sera tombée. »

À son tour il lui saisit le bras.

« Pardon, madame… avant de chercher il serait préférable d'éclaircir un point. Vous avez senti qu'on touchait à vos cheveux ?

— Oui, je n'y ai pas fait attention sur le moment. Mais après…

— Par conséquent, ce ne peut être que moi… ou bien le garçon d'ascenseur…

— Oh ! non, ce garçon est incapable…

— Alors ce serait moi ? »

Il y eut un silence. Leurs yeux s'étaient repris et ils s'observaient.

Elle murmura :

« Je me suis certainement trompée, monsieur. Cette agrafe ne devait pas être dans mes cheveux. Je vais la retrouver sur ma toilette. »

Il la retint.

« Quand nous serons séparés, madame, il sera trop tard, et vous garderez sur moi un doute que je ne puis tolérer. J'insiste vivement pour que nous descendions ensemble au bureau de l'hôtel et pour que vous portiez plainte… fût-ce contre moi. »

Elle réfléchit, puis déclara nettement :

« Non, monsieur, c'est inutile. Vous habitez l'hôtel ?

— Chambre 345. M. Marcos Avisto. »

Elle s'éloigna en répétant ce nom.

Victor rentra chez lui. Son ami Larmonat l'y attendait.

« Eh bien ?

— Eh bien, c'est fait, dit Victor. Mais elle s'en est aperçue presque aussitôt, de sorte que le choc a eu lieu entre nous immédiatement.

— Alors ?

— Elle a flanché.

— Flanché ?

— Oui. Elle n'a pas osé aller jusqu'au bout de son soupçon. »

Il sortit l'agrafe de sa poche et la déposa dans un tiroir.

— C'est exactement ce que je voulais.

— Ce que tu voulais ?...

— Eh parbleu ! s'écria Victor. Tu n'as donc pas compris mon plan !

— Ma foi...

— Il est pourtant bien simple ! Attirer l'attention de la princesse, exciter sa curiosité, entrer dans son intimité, lui inspirer une confiance absolue, et, par elle, m'introduire auprès de Lupin.

— Ce sera long.

— C'est pour ça que je procède par coups brusques. Mais, fichtre, il y faut de la prudence aussi, et du doigté ! Seulement, quelle manœuvre passionnante ! L'idée d'investir Lupin, de me glisser jusqu'à lui, de devenir son complice, son bras droit, et, le jour où il mettra la main sur les dix millions qu'il cherche, d'être là, moi, Victor, de la Brigade mondaine... Cette idée-là me révolutionne ! Sans compter... Sans compter qu'elle est rudement belle, la sacrée princesse !

— Comment, Victor, ça compte pour toi, ces balivernes ?

— Non, c'est fini. Mais j'ai des yeux pour voir.

« Je la lui rendrai, dit-il, dès que la réaction que je prévois sera produite. Ce ne sera pas long. »

La sonnerie du téléphone retentit. Il saisit le récepteur.

« Allô... oui, c'est moi, madame. L'agrafe ?... Retrouvée... Ah ! bien, je suis vraiment heureux... Tous mes respects, madame. »

Il raccrocha et se mit à rire.

« Elle a retrouvé sur sa toilette le bijou qui est dans ce tiroir, Larmonat. Ce qui signifie que, décidément, elle n'ose pas porter plainte et risquer un scandale.

— Cependant, elle sait que le bijou est perdu ?

— Certes.

— Et elle suppose qu'il lui a été dérobé ?

— Oui.

— Par toi ?

— Oui.

— Donc, elle te croit un voleur ? Tu joues un jeu dangereux, Victor...

— Au contraire ! Plus elle me paraît belle, et plus ça m'enrage contre cette fripouille de Lupin. Le misérable, il en a de la chance ! »

2

Durant deux jours, Victor ne revit pas Alexandra Basileïef. Il s'informa. Elle ne quittait pas son appartement.

Le soir suivant, elle vint dîner au restaurant. Victor occupait une table plus proche de la table occupée par elle jusque-là.

Il ne la regarda point. Mais elle ne pouvait pas ne pas le voir, de profil, fort calme et soucieux seulement du bourgogne qu'il dégustait.

Ils fumèrent dans le hall, toujours étrangers l'un à l'autre. Victor lorgnait tous les hommes qui passaient, et tâchait de discerner si parmi eux, il n'y en avait pas un dont l'élégance, la silhouette, la désinvolture, l'autorité pussent trahir la personnalité d'un Arsène Lupin. Mais aucun n'avait l'allure de celui qu'il cherchait avec irritation, et, en tout cas, Alexandra semblait indifférente à tous ces hommes.

Le lendemain, même programme et même manège.

Mais, le surlendemain, comme elle descendait pour dîner, ils se trouvèrent ensemble dans l'ascenseur.

Pas un geste de part et d'autre. Chacun d'eux aurait pu croire que l'autre ne l'avait pas vu.

« N'empêche, princesse, se disait Victor, que pour vous je suis un voleur ! N'empêche que vous acceptez de passer à mes yeux pour une femme qui se sait volée, qui avoue l'avoir été par moi, et qui juge tout naturel de n'en pas souffler mot. Insouciance de grande dame ? N'importe ! La première étape est franchie. Quelle sera la seconde ? »

Deux jours encore s'écoulèrent. Puis, un fait eut lieu auquel Victor n'avait évidemment participé d'aucune manière, mais qui joua en faveur de ses desseins. Un matin, au premier étage de l'hôtel, une cassette contenant de l'or et des bijoux fut dérobée à une Américaine de passage.

La deuxième édition de *La Feuille du soir* raconta l'aventure, dont les circonstances révélaient, chez celui qui avait opéré, une adresse prodigieuse et un sang-froid extraordinaire.

La deuxième édition de ce journal, la princesse la trouvait chaque soir sur sa table et la parcourait distraitement. Elle jeta un coup d'œil sur la première page, et, tout de suite, d'instinct, tourna son regard du côté de Victor, comme si elle se disait :

« Le voleur, c'est lui. »

Victor, qui surveillait, salua légèrement, mais n'attendit pas de voir si elle répliquait à cette inclinaison discrète. Elle reprit sa lecture, plus en détail...

« Me voilà classé, pensait-il, et classé cambrioleur de grande envergure, écumeur de palaces. Si c'est la femme que je cherche, et je n'en doute guère, je dois lui inspirer de la considération. Quelle audace est la mienne ! Quelle sérénité ! Leur coup fait, les autres fuient et se cachent. Moi, je ne bouge pas. »

Le rapprochement était inévitable. Victor le facilita en devançant la jeune femme et en s'installant dans le hall, sur un divan isolé, contre le fauteuil où elle avait coutume de s'asseoir.

Elle vint, demeura une seconde indécise, et s'assit sur le divan.

Une pause suivit, le temps qu'il lui fallait pour

allumer une cigarette et en tirer quelques bouffées. Puis elle porta la main à sa nuque, comme l'autre soir, dégagea de ses cheveux une agrafe, et en la montrant :

« Vous voyez, monsieur, je l'ai retrouvée.

— Comme c'est curieux ! dit Victor en tirant de sa poche celle qu'il avait prise, je viens de la retrouver aussi... »

Elle fut interloquée. Elle ne prévoyait pas cette riposte, qui était un aveu, et elle devait ressentir l'humiliation de quelqu'un qui a l'habitude de dominer et se heurte à un adversaire qui relève le défi...

« Somme toute, madame, dit-il, vous aviez la paire. Comme il eût été dommage que les deux agrafes ne fussent pas restées en votre possession !

— Dommage, en effet », dit-elle, en écrasant le feu de sa cigarette contre un cendrier et en coupant court à l'entretien.

Mais le lendemain, elle rejoignit Victor à la même place. Elle avait les bras nus, les épaules nues, et un air moins réservé. Elle lui dit, à brûle-pourpoint et avec un accent très pur, à peine relevé de quelques intonations étrangères :

« Je dois représenter à vos yeux quelque chose d'assez bizarre, n'est-ce pas, et de fort compliqué ?

— Ni bizarre ni compliqué, madame, répliqua-t-il en souriant. Vous êtes russe, m'a-t-on dit, et princesse. Une princesse russe, à notre époque, est un être social dont l'équilibre n'est pas très stable.

— La vie a été si dure pour moi, pour ma famille ! D'autant plus dure que nous étions très heureux. J'aimais tout le monde et j'étais aimée de tout le monde... Une petite fille confiante, insouciante, aimable, spontanée, s'amusant de tout et n'ayant peur de rien, toujours prête à rire et à chanter... Et puis, plus tard, dans tout ce bonheur, comme j'étais une fiancée de quinze ans, le malheur est venu, d'un coup, ainsi qu'une rafale. On a égorgé mon père et ma mère, sous mes yeux ; on a torturé mes frères et mon fiancé... tandis que moi... »

Elle passa sa main sur son front :

« Ne parlons pas de cela... Je ne veux pas me rappeler... Je ne me rappelle pas... Mais je n'ai jamais pu me remettre. En apparence, oui, mais au fond de moi j'ignore le calme. Est-ce que je pourrais le supporter d'ailleurs ? Non, j'ai pris le goût de l'agitation et de l'angoisse...

— C'est-à-dire, fit-il, qu'en souvenir d'un passé qui vous épouvante, vous avez besoin de sensations fortes. Alors, si le hasard met sur votre route un monsieur... pas très catholique... un monsieur un peu en dehors des règles, il éveille votre curiosité. C'est tout naturel.

— C'est tout naturel ?

— Oh ! mon Dieu, oui ! Vous avez couru tant de dangers, et assisté à tant de drames, que cela vous émeut encore de sentir autour de vous une atmosphère de drame... et de causer avec quelqu'un qui, d'un instant à l'autre, peut être menacé... Alors vous épiez sur son visage les symptômes de l'inquiétude ou de la peur, et vous vous étonnez qu'il soit comme un autre, qu'il fume sa cigarette avec plaisir, et qu'il n'y ait pas de trouble dans sa voix. »

Elle l'écoutait avidement et le regardait, penchée sur lui. Il plaisanta :

« Surtout, madame, n'ayez pas trop d'indulgence pour ces sortes d'individus, et ne voyez pas en eux des exemplaires supérieurs d'humanité. Tout au plus ont-ils un peu plus d'audace que les autres, des nerfs à la fois plus tendus et plus obéissants. Question d'habitude et de contrôle. Ainsi, en ce moment...

— En ce moment ?...

— Non, rien...

— Qu'y a-t-il ?... »

Très bas, il dit :

« Éloignez-vous de moi, c'est préférable.

— Pourquoi? murmura-t-elle, en se conformant à son ordre.

— Vous voyez ce gros homme si ridicule, en smoking, qui se promène là-bas... à gauche?

— Qui est-ce?

— Un policier.

— Hein! fit-elle en tressaillant.

— Le commissaire Mauléon. Il est chargé de l'enquête sur le vol de la cassette, et il inspecte les gens.»

Elle s'était accoudée sur la table, et, sans avoir l'air de se cacher, abritait son front sous sa main déployée, et en même temps elle observait Victor pour voir l'effet du danger sur lui.

«Allez-vous-en, chuchota-t-elle.

— Pourquoi m'en aller? Si vous saviez comme ces bonshommes-là sont bornés! Mauléon? un idiot... Il n'y en a qu'un qui me donnerait la chair de poule si je l'avisais par là.

— Lequel?

— Un subalterne... un nommé Victor, de la Brigade mondaine.

— Victor... de la Brigade mondaine... J'ai lu son nom.

— C'est lui qui s'occupe avec Mauléon des Bons de la Défense, du drame de *La Bicoque*... et de cette malheureuse Élise Masson qu'on a assassinée...»

Elle ne sourcilla pas et demanda:

«Comment est-il, ce Victor?

— Plus petit que moi... sanglé dans son veston comme un écuyer de cirque... un œil qui vous déshabille des pieds à la tête... Celui-là est à craindre. Tandis que Mauléon... Tenez, il observe de notre côté.»

Mauléon, en effet, promenait ses yeux sur chaque personne. Il les arrêta sur la princesse, puis sur Victor, puis chercha plus loin.

C'était la fin de son inspection. Il s'éloigna.

La princesse soupira. Elle semblait à bout de forces.

« Et voilà ! dit Victor... Il s'imagine avoir rempli sa tâche et que nul n'a pu échapper à son coup d'œil d'aigle. Ah ! voyez-vous, madame, s'il m'advient jamais de voler dans un palace je n'en bougerai pas. Comment voudriez-vous qu'on vînt me relancer à l'endroit même où j'aurais travaillé ?

— Cependant, Mauléon ?

— Ce n'est peut-être pas le voleur de la cassette qu'il cherche aujourd'hui.

— Qui, alors ?

— Les gens de *La Bicoque* et de la rue de Vaugirard. Il ne songe qu'à cela. Toute la police ne songe qu'à cela. C'est une obsession chez eux. »

Elle avala un verre de liqueur et fuma une cigarette. Son pâle et magnifique visage reprenait son assurance. Mais comme Victor devinait, au fond d'elle, le tourbillon de ses pensées, et tout cet effroi qu'elle subissait comme une volupté maladive !

Quand elle se leva, il eut, pour la première fois, l'impression qu'elle avait échangé un regard furtif avec d'autres personnes. Deux messieurs étaient assis plus loin. L'un, rouge de figure, assez vulgaire, devait être un Anglais, et Victor l'avait déjà remarqué dans le hall. L'autre, il ne l'avait jamais vu. Il offrait précisément, celui-là, cet aspect d'élégance et de désinvolture que Victor attribuait à Lupin. Il riait avec son compagnon. Il était gai, de visage sympathique, avec une expression un peu dure parfois.

De nouveau, la princesse Alexandra l'observa, puis elle tourna la tête et s'éloigna.

Cinq minutes plus tard, les deux compagnons se levèrent à leur tour. Dans le vestibule d'entrée, le plus jeune alluma un cigare, se fit apporter son chapeau et son pardessus, et sortit de l'hôtel.

L'Anglais se dirigea vers l'ascenseur.

Lorsque l'ascenseur fut redescendu, Victor y prit place et dit au garçon :

«Comment donc s'appelle le monsieur qui vient de monter? Un Anglais, n'est-ce pas?

— Le monsieur du 337?

— Oui.

— M. Beamish.

— Il y a déjà quelque temps qu'il est là, n'est-ce pas?

— Oui... quinze jours peut-être...»

Ainsi donc, ce monsieur habitait l'hôtel depuis le même temps que la princesse Basileïef, et au même étage. Avait-il, à l'instant même, au lieu de tourner à gauche pour aller au numéro 337, tourné à droite pour rejoindre Alexandra?

Victor longea d'un pas furtif la chambre de celle-ci. Arrivé chez lui, il laissa la porte entrouverte et prêta l'oreille.

L'attente se prolongeant, il se coucha, de fort mauvaise humeur. Il ne doutait pas que le compagnon de l'Anglais Beamish ne fût Arsène Lupin, c'est-à-dire l'amant de la princesse Alexandra. C'était là, certainement, un grand pas en avant dans la difficile enquête qu'il poursuivait. Mais, en même temps, Victor devait avouer que cet homme était jeune et de belle allure. Et cela l'irritait.

3

Victor fit venir Larmonat, l'après-midi suivant. «Tu te tiens en rapport avec Mauléon?

— Oui.

— Il ne sait pas où je suis?

— Non.

— C'est pour l'affaire de la cassette qu'il est venu hier soir?

— Oui, c'est un bagagiste de l'hôtel qui a fait le coup. On est persuadé qu'il avait un complice, lequel a filé. Mauléon m'a eu l'air très occupé par une expédition, tout à fait en dehors de cette histoire de cassette. Il s'agirait de cerner cet après-midi un bar où se réunit la bande d'Arsène Lupin, et où se combine la fameuse affaire des dix millions dont il est question dans les fragments de sa lettre.

— Oh! oh! et l'adresse de ce bar?

— On l'a promise à Mauléon... Il l'aura d'une minute à l'autre. »

Victor dit à Larmonat ce qui se passait à l'hôtel avec Alexandra Basileïef, et lui parla de l'Anglais Beamish.

« Il sort, paraît-il, chaque matin, et ne rentre généralement que le soir. Tu verras à le filer. D'ici là, fais un tour dans sa chambre.

— Impossible! Il faudrait un ordre quelconque de la Préfecture... un mandat...

— Pas tant de chichis! Si les gens de la Préfecture interviennent, tout est gâché! Lupin est un autre monsieur que le baron d'Autrey ou que Gustave Géraume, et c'est moi seul qui dois m'occuper de lui. C'est de ma main qu'il doit être arrêté et livré. Ça me concerne. C'est mon affaire.

— Alors?

— Alors, c'est dimanche aujourd'hui. Le personnel est restreint. Avec un peu de précaution, tu ne seras pas remarqué. Si on te pince, tu montres ta carte. Reste une question : la clef. »

Larmonat exhiba en riant un trousseau complet.

« Pour ça, je m'en charge. Un bon policier doit en savoir autant qu'un cambrioleur, et même davantage. Le 337, n'est-ce pas?

— Oui. Et surtout ne dérange rien. Il ne faut pas que l'Anglais ait le moindre soupçon. »

Par la porte entrouverte, Victor le regarda s'éloigner, puis, tout au bout du couloir désert, s'arrêter, ouvrir, entrer...

Une demi-heure s'écoula.

« Eh bien? » lui dit-il, à son retour.

L'autre cligna de l'œil.

« Décidément, tu as du flair.

— Qu'est-ce que tu as trouvé ?

— Au milieu d'une pile de chemises, un foulard, un foulard orange, à gros pois verts... très chiffonné... »

Victor s'émut.

« Le foulard d'Élise Masson... Je ne me suis pas trompé...

— Et puisque cet Anglais, continua Larmonat, semble de mèche avec la Russe, ce serait bien elle qui est venue rue de Vaugirard, soit seule, soit avec l'Anglais Beamish... »

La preuve était formelle. Pouvait-on l'interpréter autrement ? Pouvait-on douter encore ?...

Un peu avant le dîner, Victor descendit sur l'avenue et acheta la deuxième édition de *La Feuille du soir*.

À la seconde page, en gros caractères, il lut :

« On annonce en dernière heure que le commissaire Mauléon et trois de ses inspecteurs ont cerné cet après-midi un bar de la rue Marbeuf, où, selon leurs renseignements, quelques escrocs, des Anglais surtout, faisant partie d'une bande internationale, ont l'habitude de se réunir. Ils étaient autour d'une table. Deux d'entre eux ont pu s'échapper par l'arrière-boutique, dont l'un plus ou moins grièvement blessé. Les trois autres sont capturés. Certains indices laissent supposer qu'Arsène Lupin est au nombre de ces derniers. On attend les inspecteurs de la brigade mobile qui l'avaient récemment repéré à Strasbourg, sous son nouvel avatar. On sait que la fiche anthropométrique d'Arsène Lupin, subtilisée au service d'Identité, n'existe pas. »

Victor s'habilla et se rendit au restaurant. Sur la table d'Alexandra Basileïef, le journal était placé.

Elle arriva tard. Elle semblait ne rien savoir et n'être nullement inquiète.

Elle ne déplia *La Feuille* qu'à la fin du repas, parcourut la première page, puis tourna. Aussitôt sa tête pencha et elle vacilla sur sa chaise. Se raidissant, elle lut, et, aux dernières lignes, Victor crut qu'elle allait s'évanouir. Défaillance momentanée. Elle écarta son journal négligemment. Pas une fois elle n'avait levé les yeux vers Victor, et elle put croire qu'il n'avait rien remarqué.

Dans le hall, elle ne le rejoignit pas.

L'Anglais Beamish s'y trouvait. Était-il un des deux escrocs qui avaient échappé à Mauléon, en ce bar de la rue Marbeuf, si proche de l'hôtel ? Et donnerait-il à la princesse Basileïef des nouvelles sur Arsène Lupin ?

À tout hasard, Victor monta d'avance et se posta derrière le battant de sa porte.

La Russe parut d'abord. Elle attendit devant sa chambre, impatiente et nerveuse.

L'Anglais ne tarda pas à sortir de l'ascenseur. Il inspecta le couloir, puis vivement courut vers elle.

Quelques mots furent échangés entre eux. Et la Russe éclata de rire. L'Anglais s'éloigna.

« Allons, pensa Victor, il est à croire que, si vraiment elle est la maîtresse de ce damné Lupin, il ne se trouve pas pris dans la rafle, et que l'Anglais vient de la rassurer. D'où son éclat de rire. »

Les déclarations subséquentes de la police confirmaient cette hypothèse. Arsène Lupin ne fut pas reconnu parmi les trois captifs.

Ceux-ci étaient russes. Ils avouèrent leur participation à certains vols commis à l'étranger, mais prétendirent ignorer le nom des chefs de la bande internationale qui les employait.

De leurs deux compagnons évadés, l'un était anglais. Ils voyaient l'autre pour la première fois, et il n'avait pas parlé au cours de la réunion. Le blessé devait être celui-là. Son signalement correspondait au signalement du jeune homme que Victor avait vu dans l'hôtel avec Beamish.

Les trois Russes n'en purent dire davantage. Visiblement, ils avaient agi en comparses.

Un seul fait fut mis en lumière quarante-huit heures plus tard. L'un des trois Russes avait été l'amant de l'ancienne figurante Élise Masson et recevait de l'argent de sa maîtresse.

On trouva une lettre d'Élise Masson où elle lui écrivait l'avant-veille de sa mort :

« *Le "vieux d'Autrey" est en train de combiner une grosse affaire. Si ça réussit, il m'emmène le lendemain même à Bruxelles. Tu m'y rejoindras, n'est-ce pas, chéri ? et, à la première occasion, on décampera tous les deux avec la forte somme. Mais faut-il que je t'aime !...* »

CHAPITRE VI

LES BONS DE LA DÉFENSE

1

Cet incident de la rue Marbeuf tourmenta Victor. Que l'on s'occupât du crime de *La Bicoque*, du crime de la rue de Vaugirard, il s'en moquait, ces deux drames ne l'intéressant que dans la mesure où ils se rapportaient à l'action d'Arsène Lupin. Mais, pour celui-là, qu'on n'y touchât pas ! Il était la part de butin que se réservait l'inspecteur Victor, de la Brigade mondaine. En conséquence de quoi, c'est l'inspecteur Victor qui gardait le monopole des opérations effectuées contre tous ceux qui dépendaient plus spécialement d'Arsène Lupin, et principalement contre l'Anglais Beamish et la princesse Basileïef.

Ces considérations le poussèrent à voir de plus

près ce qui se passait au quai des Orfèvres et à tâcher de découvrir le jeu de Mauléon. Estimant que ni Alexandra ni son agent Beamish n'auraient l'imprudence de bouger de leurs chambres durant une période aussi dangereuse pour eux, il se rendit à pied jusqu'au garage voisin où son auto était remisée, la mit en marche, gagna un coin isolé du Bois, et, sûr de n'avoir pas été suivi, tira du coffre les ingrédients et les vêtements nécessaires, se cuirassa dans son dolman trop étroit, et redevint l'inspecteur Victor, de la Brigade mondaine.

À l'accueil cordial et au sourire protecteur du commissaire Mauléon, Victor se sentit en posture humiliée.

« Eh bien, Victor, que nous apportez-vous ? Pas grand-chose, hein ? Non, non, je ne vous demande rien. Vous êtes un solitaire et un taciturne, vous. Chacun ses procédés. Moi, j'agis au grand jour, et ça ne me réussit pas mal. Que dites-vous de mon coup de filet du bar de Marbeuf ? Trois types de la bande... et le chef ne tardera pas à rejoindre, j'en jure Dieu !... S'il a échappé cette fois-ci, voilà par contre qu'un fil rattache ceux de sa bande à Élise Masson, et voilà qu'Élise Masson, du fond de sa tombe, accuse le baron d'Autrey. M. Gautier est ravi.

— Et le juge d'instruction ?

— M. Validoux ? Il reprend courage. Allons le voir. Il va donner connaissance au baron d'Autrey de l'effroyable lettre d'Élise Masson... Vous savez : "Le vieux d'Autrey est en train de combiner une grosse affaire..." Hein ! qu'est-ce que j'ai versé au dossier comme preuve ! C'est ça qui fait pencher le plateau de la balance ! Allons-y, Victor... »

Ils trouvèrent, en effet, dans le cabinet du juge, M. d'Autrey, ainsi que le conseiller municipal Géraume. Victor s'étonna devant la vision de M. d'Autrey, tellement cette figure, déjà si ravagée au moment de l'arrestation, s'était encore abîmée et creusée. Incapable de se tenir debout, il demeurait prostré sur une chaise.

L'attaque de M. Validoux fut implacable. Il lut d'un trait la lettre d'Élise Masson, et, tout de suite, devant l'épouvante du prévenu, redoubla d'efforts :

« Vous comprenez bien ce que cela signifie, n'est-ce pas, d'Autrey ? Résumons, voulez-vous ? Le lundi soir, le hasard vous révèle que les Bons de la Défense sont entre les mains du père Lescot. Le mercredi soir, veille du crime, Élise Masson, auprès de qui s'écoulent vos journées, Élise, pour qui vous n'avez pas de secrets, et qui est à la fois votre maîtresse et la maîtresse d'un forban russe, Élise écrit à son amant de cœur : "Le vieux d'Autrey met debout une grosse affaire. Si ça réussit, lui et moi, nous filons sur Bruxelles, etc." Le jeudi, le crime est commis et les Bons sont volés. Et le vendredi l'on vous aperçoit, vous et votre amie, près de la gare du Nord, avec les valises toutes prêtes que l'on découvre chez votre amie, le surlendemain ! L'histoire n'est-elle pas claire, et les preuves irréfutables ? Avouez donc, d'Autrey. Pourquoi nier l'évidence ? »

On put croire à cet instant que le baron allait défaillir. Son visage se décomposa. Il balbutia des mots qui ne pouvaient être que les mots d'un aveu prêt à s'épancher... Exigeant la lettre, il dit :

« Montrez... je refuse de croire... je veux lire moi-même... »

Il lut, et il bégaya :

« La gueuse !... un amant... elle !... elle ! que j'avais tirée de la boue !... Et elle se serait enfuie avec lui... »

Il ne voyait que cela, cette trahison, ce projet de fuite avec un autre. Pour le reste, le vol et le crime, on eût dit qu'il lui était indifférent d'en être plus fortement accusé.

« Vous avouez, n'est-ce pas, d'Autrey ? C'est bien vous qui avez tué le père Lescot ?... »

Il ne répondit pas, de nouveau cramponné à son

silence, et comme écrasé sous les ruines de la passion maladive qu'il avait vouée à cette fille.

M. Validoux se tourna vers Gustave Géraume.

«Étant donné que vous avez participé, dans une mesure qui nous échappe…»

Mais Gustave Géraume, qui ne semblait, lui, nullement affecté par son emprisonnement et qui conservait son teint fleuri, se rebiffa.

«Je n'ai participé à rien du tout! À minuit je dormais chez moi.

— J'ai cependant sous les yeux une nouvelle déposition de votre jardinier Alfred. Non seulement il affirme que vous n'êtes rentré que vers trois heures, mais il déclare que, le matin de votre arrestation, vous lui avez promis une somme de cinq mille francs s'il consentait à dire que vous étiez rentré avant minuit.»

Gustave Géraume eut un instant de désarroi, puis il s'exclama en riant:

«Eh bien, oui, c'est vrai. Dame! j'étais excédé de tous les embêtements qu'on me faisait, et j'ai voulu y couper court.

— Vous admettrez qu'il y a là une tentative de corruption qui ajoute à toutes les charges recueillies à votre endroit…»

Géraume se planta devant M. Validoux:

«Alors, quoi, j'ai donc la binette d'un assassin comme cet excellent d'Autrey? et, comme lui, je succombe sous le poids des remords?»

Il exhibait une face aimable et réjouie.

Victor intervint:

«Monsieur le Juge d'instruction, voulez-vous me permettre une question?

— Faites.

— Je voudrais savoir, étant donné la phrase que le prévenu vient de prononcer, s'il considère le baron d'Autrey comme coupable de l'assassinat du père Lescot?»

Géraume fit un geste, tout prêt à exprimer son opinion. Mais, se ravisant, il dit simplement :

« Ça ne me concerne pas. Que la justice se débrouille !

— J'insiste, dit Victor. Si vous refusez de répondre, c'est que votre opinion est faite à ce propos, et que vous avez des raisons pour ne pas la révéler. »

Géraume répéta :

« Que la justice se débrouille ! »

Le soir, Maxime d'Autrey essayait de se casser la tête contre le mur de sa cellule. On dut lui mettre la camisole de force. Il hurlait :

« Une gueuse ! Une misérable ! Et c'est pour elle que je suis là... Ah ! la saleté... »

2

« Quant à celui-là, il est à bout de forces, dit Mauléon à Victor. Avant deux fois vingt-quatre heures, il avouera. La lettre d'Élise Masson, que j'ai trouvée, aura précipité le mouvement.

— Sans aucun doute, fit Victor. Et par les trois complices russes, vous arriverez à Lupin. »

Il laissa tomber ces mots négligemment. Comme l'autre se taisait, il dit encore :

« Rien de nouveau de ce côté ? »

Mais Mauléon avait beau prétendre qu'il agissait, lui, au grand jour, il n'ouvrit pas la bouche sur ses plans.

« Le gredin, pensa Victor, il se méfie. »

Désormais, ils se surveillèrent l'un l'autre, tous deux inquiets et jaloux comme deux hommes dont la destinée est en jeu, et dont l'un peut être frustré par l'autre de tout le bénéfice de son travail.

Ensemble, ils passèrent une grande journée à Garches, partageant leur temps entre les épouses des deux prévenus.

À sa grande surprise, Victor trouva une Gabrielle

d'Autrey plus vaillante et plus dure à la peine qu'il ne croyait. Était-ce la foi qui soutenait cette femme, si attachée à ses devoirs religieux, familière de l'église, et dont l'enquête avait mis en relief les habitudes charitables ? Elle ne se cachait plus comme au début. Ayant renvoyé sa bonne, elle faisait ses courses elle-même, la tête haute, sans souci des marques bleues et jaunes que lui avaient laissées les coups inexplicables de son mari.

« Il est innocent, monsieur le commissaire, répétait-elle sans cesse. Qu'il ait été dominé par cette vilaine femme, il faut bien que je le reconnaisse. Mais il m'aimait profondément... Si, si, je l'affirme... profondément... plus encore qu'autrefois peut-être. »

Victor l'observait de ses yeux perspicaces. Le visage couperosé de l'épouse exprimait des sentiments imprévus, l'orgueil, le triomphe, la sécurité, la tendresse ingénue pour son mari, coupable de quelques peccadilles, mais qui restait quand même le compagnon de sa vie.

Avec Henriette Géraume, le mystère était aussi troublant. Henriette se dépensait en révoltes, en cris de rage, en discours enflammés, en désespoirs, en injures.

« Gustave ? Mais c'est la bonté même et la franchise, monsieur l'inspecteur ! C'est une nature exceptionnelle. Et puis, je sais bien, moi, qu'il ne m'a pas quittée de la nuit ! Oui, évidemment, par jalousie, j'ai dit des choses d'abord... »

Laquelle des deux mentait ? Aucune, peut-être ? Ou toutes les deux ? Victor se passionnait à ce travail d'observation, où il excellait, et il se rendait compte que, peu à peu, certains éléments de vérité se dégageaient, autour desquels les faits venaient déjà se ranger d'eux-mêmes. En dernier lieu, il résolut d'aller dans l'appartement de la rue de Vaugirard, et d'y aller seul, car c'était par là surtout que les recherches pouvaient conduire Mauléon vers Alexandra et vers

Lupin. Et c'était par là également que l'obscurité demeurait la plus impénétrable.

Deux agents gardaient la porte. Dès qu'il eut ouvert, Victor aperçut Mauléon qui fouillait les placards.

«Tiens, vous voilà, s'écria le commissaire d'un ton rogue. C'est votre idée aussi qu'il y a peut-être quelque chose à glaner de ce côté, hein? Ah! à propos, un de mes inspecteurs affirme que, le jour du crime, quand nous sommes venus ici tous deux, il y avait une douzaine de photos d'amateurs. Il croit bien se rappeler que vous les avez examinées.

— Erreur, déclara nonchalamment Victor.

— Autre chose. Élise Masson portait toujours chez elle un foulard orange et vert, celui sans doute qui a servi à l'étrangler. Vous ne l'auriez pas vu, par hasard?»

Il pointait ses yeux vers Victor, qui répondit avec la même aisance:

«Pas vu.

— Elle ne l'avait pas, quelques heures auparavant, quand vous avez accompagné le baron?

— Pas vu. Qu'en dit-il, lui?

— Rien.»

Et le commissaire bougonna:

«Bizarre.

— Qu'est-ce qui est bizarre?

— Des tas de machines. Dites donc?

— Quoi?

— Vous n'avez pas déniché quelque amie d'Élise Masson?

— Une amie?

— On m'a parlé d'une demoiselle Armande Dutrec. Vous ne connaissez pas?

— Connais pas.

— C'est un de mes hommes qui l'a trouvée. Elle a répondu qu'elle avait été déjà interrogée par un type de la police. Je pensais que c'était vous.

— Pas moi...»

Visiblement, la présence de Victor exaspérait Mauléon. À la fin, Victor ne s'éloignant pas, il formula :

« On va me l'amener d'un moment à l'autre.

— Qui ?

— La demoiselle... Tenez, on entend des pas. »

Victor n'avait pas sourcillé. Tout son manège pour empêcher ses collègues de mettre la main sur cette partie de l'affaire allait-il être découvert ? Et Mauléon réussirait-il à entrevoir la personnalité réelle de la dame du Ciné-Balthazar ?

Si Mauléon, lorsque la porte fut poussée, avait épié Victor, au lieu de considérer la jeune femme, tout était perdu. Mais cette idée, il l'eut trop tard. D'un coup d'œil, Victor avait ordonné à la jeune femme de se taire. Elle s'étonna d'abord, resta indécise, puis comprit.

Dès lors, la partie était jouée. Les réponses furent vagues.

« Certes oui, je connaissais cette pauvre Élise. Mais elle ne s'est jamais confiée à moi. J'ignore tout d'elle et des personnes qu'elle fréquentait. Un foulard orange et vert ? des photographies ? Je ne sais pas. »

Les deux policiers reprirent le chemin de la Préfecture. Mauléon gardait un silence rageur. Lorsqu'ils furent arrivés, Victor prononça d'une voix allègre :

« Je vous dis adieu. Je m'en vais demain.

— Ah ?

— Oui, en province... une piste intéressante. J'ai bon espoir.

— J'ai oublié de vous dire, fit Mauléon, que le directeur désirait vous parler.

— À quel sujet ?

— Au sujet du chauffeur... celui qui a conduit d'Autrey de la gare du Nord à la gare Saint-Lazare. Nous l'avons retrouvé.

— Crénom ! grommela Victor, vous auriez pu me prévenir... »

Il grimpa vivement l'escalier, se fit annoncer, et, suivi de Mauléon, entra dans le bureau du directeur.

« Il paraît, chef, que l'on a retrouvé le chauffeur ?

— Comment ! Mauléon ne vous l'a pas dit ? C'est aujourd'hui seulement que ce chauffeur a vu dans un journal la photographie de d'Autrey, et qu'il a lu que la police s'enquérait du chauffeur qui avait conduit le baron d'une gare à l'autre, le vendredi, lendemain du crime. À tout hasard, il s'est présenté ici. On l'a confronté avec d'Autrey. Il l'a formellement reconnu.

— Mais M. Validoux l'a interrogé. D'Autrey s'est-il fait conduire directement ?

— Non.

— Il est donc descendu en route ?

— Non.

— Non ?

— Il s'est fait conduire de la gare du Nord à l'Étoile et de l'Étoile à la gare Saint-Lazare, ce qui constitue, n'est-ce pas, un détour inutile.

— Non, pas inutile », murmura Victor.

Et il demanda :

« Où est-il, ce chauffeur ?

— Ici, dans les bureaux. Comme vous m'aviez dit que vous teniez à le voir, et que, deux heures après, vous nous remettriez les Bons, je l'ai gardé.

— Depuis l'instant où il est arrivé, il n'a parlé à personne ?

— Personne que M. Validoux.

— Et il n'avait parlé à personne de sa démarche à la Préfecture ?

— À personne.

— Comment s'appelle-t-il ?

— Nicolas. C'est un petit loueur. Il ne possède que cette auto... Il est venu avec... Elle est dans la cour. »

Victor réfléchit. Son chef le regardait, ainsi que Mauléon, curieux l'un et l'autre, si curieux que M. Gautier s'écria :

« Enfin quoi, Victor, c'est donc sérieux, cette histoire-là ?

— Absolument.

— Vous allez nous renseigner ?... vous êtes sûr ?...

— Autant qu'on peut être sûr, chef, quand on s'appuie sur un raisonnement.

— Ah ! il ne s'agit que d'un raisonnement ?

— En police, chef, tous nos actes dépendent du raisonnement... ou du hasard.

— Assez parlé, Victor. Expliquez-nous.

— Quelques mots suffiront. »

Et, posément, il expliqua :

« Nous suivons les Bons de la Défense, sans contestation possible, depuis Strasbourg jusqu'à *La Bicoque*, c'est-à-dire jusqu'à la nuit où d'Autrey les met dans sa poche. Sur l'emploi du temps de d'Autrey durant cette nuit, passons. J'ai mes idées là-dessus et je ne tarderai pas à vous les dire, chef. En tout cas, le matin du vendredi, d'Autrey débarque chez sa maîtresse avec son butin. Les valises sont préparées. Les deux fugitifs se rendent à la gare du Nord, attendant l'heure du train et, soudain, pour des raisons encore obscures, changent d'avis et renoncent au départ. Il est cinq heures vingt-cinq. D'Autrey renvoie sa maîtresse avec les bagages et prend une auto qui le conduira gare Saint-Lazare à six heures. À ce moment, il sait, par le journal du soir qu'il a acheté, qu'il est suspect et que la police le guette probablement à la station de Garches. Arrivera-t-il avec les Bons de la Défense ? Non. Là-dessus, aucun doute. Donc, c'est entre cinq heures vingt-cinq et six heures qu'il a mis son butin en sûreté.

— Mais puisque l'auto ne s'est arrêtée nulle part !

— C'est donc qu'il a choisi un des deux procédés suivants : ou bien s'entendre avec le chauffeur et lui confier le paquet...

— Impossible!

— Ou bien laisser le paquet dans l'auto.

— Impossible!

— Pourquoi?

— Mais le premier venu l'aurait pris! On ne laisse pas un million sur la banquette d'une voiture!

— Non. Mais on peut l'y cacher.»

Le commissaire Mauléon éclata de rire.

«Vous en avez de bonnes, Victor!»

M. Gautier réfléchissait. Il dit:

«Comment cacher cela?

— On découd dix centimètres de la bordure d'un coussin, par en dessous. On le recoud. Et le tour est joué.

— Il faut du temps.

— Précisément, chef. C'est la raison pour laquelle d'Autrey a fait faire ce que vous appeliez un détour inutile. Et il est rentré à Garches, tranquille sur l'excellence de sa cachette, et résolu à reprendre les Bons aussitôt après la période critique.

— Cependant, il se savait suspect.

— Oui, mais il ignorait la gravité des charges qui pesaient sur lui et ne prévoyait pas que la situation évoluerait avec cette rapidité.

— Donc?

— Donc l'automobile du chauffeur Nicolas est dans la cour. Nous y trouverons les Bons de la Défense.»

Mauléon haussa les épaules en ricanant. Mais le directeur, vivement frappé par l'explication de Victor, fit venir le chauffeur Nicolas.

«Conduisez-nous jusqu'à votre voiture.»

C'était un vieux coupé, défraîchi, bossué, couvert de plaies et qui avait dû participer à la victoire de la Marne.

«Faut la mettre en marche? dit le chauffeur Nicolas.

— Non, mon ami.»

Victor ouvrit une des portières, saisit le coussin de gauche, le retourna et l'examina.

Puis le coussin de droite.

En dessous de ce coussin de droite, le long de la bordure de cuir, l'étoffe présentait quelque chose d'anormal sur une longueur d'environ dix centimètres. On voyait une reprise faite avec du fil plus noir que l'étoffe gris foncé, une reprise irrégulière, mais solide et à points très rapprochés.

«Nom d'un chien, mâchonna M. Gautier. En vérité, on dirait…»

Victor tira son canif, coupa les fils, et, franchement, élargit la fente.

Puis il glissa ses doigts dans le crin, et chercha.

Au bout de quatre ou cinq secondes, il murmura : «J'y suis.»

Facilement, il put extraire un papier, un carton plutôt.

Un cri de rage lui échappa.

C'était une carte d'Arsène Lupin, avec ces mots : «Toutes mes excuses et mes meilleurs sentiments.»

Mauléon s'abandonna à un accès de fou rire qui le pliait en deux, et il bégayait, la voix méchante :

«Dieu, que c'est drôle! Le vieux truc de notre ami Lupin qui reparaît! Hein, Victor, un bout de carton au lieu de neuf billets de cent mille francs! Sale aventure! Ce qu'on va rigoler! Victor, de la Brigade mondaine, vous voilà tout à fait ridicule.

— Je ne suis pas du tout de votre avis, Mauléon, objecta M. Gautier. L'événement prouve, au contraire, que Victor a été remarquable de clairvoyance et d'intuition, et je suis persuadé que le public pensera comme moi.»

Victor dit avec beaucoup de calme :

«L'événement prouve aussi, chef, que ce Lupin est un rude type. Si j'ai été "remarquable de clairvoyance et d'intuition", combien l'a-t-il été plus que moi, puisqu'il m'a devancé et qu'il n'avait pas à sa disposition, comme moi, toutes les ressources de la police !

— Vous ne renoncez pas, j'espère ? »

Victor sourit.

« Ce n'est plus qu'une affaire de deux semaines au plus, chef. Dépêchez-vous, commissaire Mauléon, si vous ne voulez pas que je vous brûle la politesse. »

Il joignit les talons, fit un salut militaire à ses deux supérieurs, pivota, et s'éloigna, de son allure raide et guindée.

Il dîna chez lui et dormit jusqu'au lendemain matin du sommeil le plus paisible.

Les journaux racontèrent l'aventure, avec mille détails, fournis évidemment par Mauléon, et justifièrent, en majorité, l'opinion du directeur relative à l'exploit vraiment remarquable de Victor, de la Brigade mondaine.

Mais, d'autre part aussi, comme Victor l'avait prédit, quelle explosion d'éloges à propos d'Arsène Lupin ! Quels articles dithyrambiques sur ce phénomène d'observation et d'intelligence ! sur la fantaisie toujours imprévue du fameux aventurier ! sur cette nouvelle cabriole du grand mystificateur !

« Bah ! murmurait Victor, en lisant ces élucubrations, on vous le dégonflera, votre Lupin. »

En fin de journée, on apprit le suicide du baron d'Autrey. La disparition des Bons, de cette fortune dont il avait escompté la jouissance comme compensation à ses tourments actuels, avait achevé de le démolir. Étendu sur son lit, tourné vers le mur, patiemment, il s'était coupé les veines du poignet avec un morceau de verre, et s'en était allé sans un mouvement, sans une plainte.

C'était l'aveu que l'on attendait. Mais cet aveu apportait-il la moindre lueur sur les crimes de *La Bicoque* et de la rue de Vaugirard ?

À peine si le public se posa cette question. Tout

l'intérêt, maintenant, se concentrait, une fois de plus, sur Arsène Lupin et sur la façon dont il échapperait aux entreprises de l'inspecteur Victor, de la Brigade mondaine.

Victor remonta dans son auto, retourna au Bois, enleva son dolman étriqué, endossa le costume élégant et sobre du Péruvien Marcos Avisto, et se rendit à l'hôtel Cambridge, où il retrouva sa chambre.

Impeccable dans son smoking de bonne coupe, la boutonnière fleurie, il dîna au restaurant.

Il n'y vit pas la princesse Alexandra. Et elle ne parut pas non plus dans le hall.

Mais, vers dix heures, ayant regagné sa chambre, il reçut un coup de téléphone.

«Monsieur Marcos Avisto? Ici, la princesse Alexandra Basileïef. Si vous n'avez rien de mieux à faire, cher monsieur, et si cela ne vous ennuie pas trop, venez donc causer avec moi. J'aurais grand plaisir à vous voir.

— Dès maintenant?

— Dès maintenant.»

CHAPITRE VII

COMPLICES

1

Victor se frotta les mains.

«Ça y est! Que me veut-elle? Vais-je trouver une femme inquiète, effrayée, avide de secours, et prête à se confier? Peu probable. Nous n'en sommes qu'à la seconde étape, et il y en aura sans doute une troisième, et même une quatrième, avant que je n'atteigne mon but. Mais n'importe! L'essentiel, c'est qu'elle ait éprouvé le besoin de me voir. Pour le reste, patience. »

Il se contempla dans une glace, rectifia son nœud de cravate, et soupira :

« Quel dommage !... Un vieux monsieur de soixante ans... Certes, l'œil est vif et le thorax bombe encore sous le plastron empesé. Mais, tout de même, soixante ans... »

Il glissa la tête dans le couloir, puis marcha vers l'ascenseur. Devant la porte de la princesse, il bifurqua vivement. Elle était entrebâillée. Il entra.

Une petite antichambre, puis le boudoir.

Au seuil, Alexandra l'y attendait debout.

Elle lui tendit la main en souriant, comme elle l'eût fait, dans un salon, à un parfait gentilhomme.

« Merci d'être venu », dit-elle en le faisant asseoir.

Elle avait un peignoir de soie blanche, très ouvert, qui laissait à nu ses bras et ses belles épaules. Son visage n'était pas le visage un peu trop pathétique, un peu trop fatal, qu'elle offrait au public. Il n'y avait en elle ni hauteur ni indifférence distraite, mais un souci de plaire, et l'expression aimable, gentille, amicale, d'une femme qui vous admet d'un coup dans son intimité.

Le boudoir était celui de tous les grands palaces. Cependant, il se mêlait à celui-ci une atmosphère d'élégance qui provenait de la lumière plus discrète, de quelques bibelots de prix, de quelques livres bien reliés, et d'un doux parfum de tabac étranger. Sur un guéridon, les journaux.

Elle dit, ingénument :

« Je suis un peu embarrassée...

— Embarrassée !

— Je vous ai fait venir, et je ne sais trop pourquoi...

— Je le sais, dit-il.

— Ah ! et pourquoi ?

— Vous vous ennuyez.

— En effet, dit-elle. Mais l'ennui dont vous par-

lez, et qui est le mal de ma vie, n'est pas un ennui
que peut dissiper une conversation.

— C'est un ennui qui ne cède qu'à la violence des
actes, et en proportion des dangers courus.

— Alors, vous ne pouvez rien pour moi?

— Si.

— Comment?»

Il plaisanta:

«Je puis accumuler sur vous les dangers les plus
terrifiants et déchaîner les catastrophes et les tem-
pêtes.»

Il se rapprocha d'elle, et, d'une voix plus grave:

«Mais est-ce bien la peine? Quand je pense à
vous — et j'y pense souvent — je me demande si
toute votre vie n'est pas un danger ininterrompu.»

Il lui sembla qu'elle rougissait légèrement.

«Qu'est-ce qui vous fait supposer?

— Donnez-moi votre main...»

Elle lui offrit sa main. Il en examina la paume
longuement, penché sur elle, et il prononça:

«C'est bien ce que je pensais. Si complexe que
vous paraissiez, vous êtes au fond une nature facile
à comprendre, et ce que je savais déjà par vos yeux
et par votre attitude, j'en ai la preuve par les lignes
très simples de votre main. Ce qu'il y a d'étrange,
c'est cette association de hardiesse et de faiblesse,
cette recherche continuelle du péril et ce besoin
d'être protégée. Vous aimez la solitude, et il y a des
moments où cette solitude vous effare et vous feriez
appel à n'importe qui pour vous défendre contre les
cauchemars créés par votre imagination. Il vous
faut dominer, et il vous faut un maître. Vous êtes
faite de soumission et d'orgueil, forte devant les
épreuves et désemparée devant l'ennui, devant la
routine, les habitudes quotidiennes, la tristesse, la
monotonie de la vie. Ainsi, tout en vous est contradiction, votre calme et votre ardeur, votre raison
qui est saine et vos instincts qui sont violents, votre

froideur et votre sensualité, vos désirs d'amour et votre volonté d'indépendance. »

Il avait abandonné sa main.

« Je ne me trompe pas, n'est-ce pas ? Vous êtes bien telle que je vous vois. »

Elle détourna les yeux, gênée par le regard aigu qui pénétrait si loin dans le secret de son âme. Elle alluma une cigarette, puis se redressa, et, changeant de conversation, elle montra les journaux et fit, d'un ton si dégagé qu'il comprit que c'était là justement où elle voulait en venir :

« Qu'est-ce que vous en dites, de toute cette histoire des Bons ? »

Première allusion, entre eux, à l'aventure qui, sans doute, pour l'un comme pour l'autre, constituait la réalité même de leurs pensées et de leurs préoccupations. Avec quel frémissement contenu Victor la suivit sur ce terrain !

Aussi nonchalant qu'elle, il répondit :

« Histoire bien obscure...

— Très obscure, dit-elle. Mais, tout de même, voici des faits nouveaux.

— Nouveaux ?

— Oui. Par exemple, le suicide du baron d'Autrey est un aveu.

— En êtes-vous bien sûre ? Il s'est tué parce que sa maîtresse le trahissait et parce qu'il n'avait plus l'espoir de retrouver son argent. Mais est-ce bien lui qui a tué le père Lescot ?

— Qui l'aurait tué ?

— Un complice.

— Quel complice ?

— L'homme qui s'est enfui par la porte, et qui peut être aussi bien Gustave Géraume que l'amant de cette femme qui se sauvait par la fenêtre.

— L'amant de cette femme ?...

— Oui, Arsène Lupin... »

Elle objecta :

« Mais Arsène Lupin n'est pas un criminel... il ne tue pas...

— Il a pu y être obligé... pour son salut. »

Malgré l'effort que chacun d'eux faisait pour se dominer, l'entretien qui se continuait sur un ton indifférent prenait peu à peu tout son sens dramatique, dont Victor jouissait profondément. Il ne la regardait pas. Mais il la devinait toute frissonnante, et il sentit l'intérêt passionné avec lequel elle posa cette question :

« Que pensez-vous de cette femme ?

— La dame du cinéma ?

— Vous croyez donc que c'est la même femme qui était au cinéma et à *La Bicoque* ?

— Parbleu !

— Et que l'on a rencontrée dans l'escalier de la rue de Vaugirard ?

— Certes.

— Alors vous supposeriez ?... »

Elle n'alla pas plus loin. Les mots devaient lui être intolérables à prononcer. Ce fut Victor qui acheva :

« Alors, il est à supposer que c'est elle qui a tué Élise Masson. »

Il parlait en homme qui émet une hypothèse, et la phrase tomba dans un silence où il l'entendit qui soupirait. Il poursuivit, avec sa même intonation détachée :

« Je ne la vois pas clairement, cette femme... Elle m'étonne par ses maladresses. On dirait une débutante... Et puis, c'est trop bête de tuer pour rien... Car enfin, si elle a tué, c'est pour voler les Bons de la Défense. Or, Élise Masson ne les avait pas. De sorte que le crime fut absurde, bête comme tout ce qui est inutile. En vérité, pas bien intéressante, la dame...

— Qu'est-ce qui vous intéresse, vous, dans l'affaire ?

— Deux hommes. Deux vrais hommes, ceux-là ; non pas comme un d'Autrey, ou un Géraume, ou comme le policier Mauléon. Non. Deux hommes d'aplomb, qui suivent leur chemin sans gaffe et sans esbroufe, le chemin au bout duquel ils se rencontre-ront : Lupin et Victor.

— Lupin ?...

— C'est le grand maître, lui. La façon dont, après le coup manqué de Vaugirard, il a redressé sa partie en retrouvant les Bons de la Défense, est admirable. Chez Victor, même maîtrise, puisqu'il est parvenu, lui aussi, jusqu'à la cachette de l'auto. »

Elle articula :

« Croyez-vous que cet homme aura raison de Lupin ?

— Je le crois. Sincèrement, je le crois. J'ai déjà suivi, dans d'autres occasions, et à travers les jour-naux, ou par le récit de gens qui y furent mêlés, le travail de cet homme. Jamais Lupin n'a eu à se défendre contre ces sortes d'attaques ténébreuses, dissimulées, têtues, acharnées. Victor ne le lâchera pas.

— Ah ! vous croyez ?... murmura-t-elle.

— Oui. Il doit être plus avancé qu'on ne le sup-pose. Il doit être sur la piste.

— Le commissaire Mauléon aussi ?...

— Oui. La situation est mauvaise pour Lupin. On le prendra au piège. »

Elle demeura taciturne, les coudes sur les genoux. À la fin, essayant de sourire, elle chuchota :

« Ce serait dommage.

— Oui, dit-il, comme toutes les femmes, il vous captive. »

Elle dit, plus bas encore :

« Tous ceux qui ont une existence à part me cap-tivent... Celui-là... tous les autres... doivent éprou-ver des émotions puissantes.

— Mais non, mais non, s'écria-t-il en riant, ne croyez pas cela... Ce sont des émotions auxquelles on s'habitue... On finit par agir aussi tranquillement qu'un brave bourgeois qui fait sa partie de manille.

Évidemment, il y a des minutes pénibles, mais c'est rare. Presque toujours, pour peu qu'on y ait la main, ça se passe en douceur. Ainsi on m'a indiqué... »

Il s'interrompit, et se leva, prêt à partir :

« Excusez-moi... j'abuse de vos instants... »

Elle le retint, tout de suite animée et curieuse :

« On vous a indiqué ?

— Oh ! rien...

— Si, racontez-moi...

— Non, je vous assure... Il s'agit d'un malheureux bracelet... Eh bien, d'après ce qu'on m'a dit, je n'aurais qu'à le cueillir... Aucune émotion... Une simple promenade... »

Il allait ouvrir la porte. Elle lui saisit le bras. Il se retourna, et elle demanda, les yeux hardis, avec toute la provocation d'une femme qui n'admet pas de refus :

« À quand la promenade ?

— Pourquoi ? vous voulez en être ?

— Oui, je le veux... je m'ennuie tellement !

— Et ce serait une distraction ?

— En tout cas, je verrais... j'essaierais... »

Il prononça :

« Après-demain, deux heures, rue de Rivoli, dans le square Saint-Jacques. »

Sans attendre la réponse, il sortit.

2

Elle fut exacte au rendez-vous. En la voyant arriver, il dit, entre ses dents :

« Toi, ma petite, je te tiens. De fil en aiguille, j'arriverai bien à ton amant. »

L'air d'une toute jeune fille, allègre, impatiente d'action, heureuse comme si elle venait à une partie de plaisir, elle s'était transformée, sans pour autant se déguiser. Une petite robe de lainage gris, assez courte, une toque tout unie qui laissait à peine voir ses cheveux… rien en elle n'attirait l'attention. Elle n'avait plus son allure de grande dame, et sa beauté éblouissante était soudain devenue discrète, adoucie et comme voilée.

Victor demanda :

« Décidée ?

— Toujours décidée à m'échapper de moi.

— Quelques mots d'explication d'abord, dit-il.

— Est-ce nécessaire ?

— Ne fût-ce que pour calmer vos scrupules.

— Je n'en ai pas, dit-elle gaiement. Nous devons tout bonnement nous promener, n'est-ce pas ? et cueillir… je ne sais plus quoi.

— Exactement. Au cours de la promenade, nous rendons visite à un brave homme, qui exerce en réalité le vilain métier de receleur… Avant-hier, on lui a remis un bracelet volé, qu'il cherche à vendre.

— Et que vous n'avez pas l'intention de lui racheter.

— Non. D'ailleurs il dormira… C'est un individu très régulier. Il déjeune au restaurant, rentre chez lui, et fait sa sieste de deux à trois. Sommeil de plomb. Rien ne le réveillerait. Vous voyez que la visite ne présente aucun aléa.

— Tant pis. Où habite-t-il votre dormeur ?

— Venez. »

Ils quittèrent le petit jardin. Cent pas plus loin, il la fit entrer dans son auto qu'il avait placée le long du trottoir, et de façon qu'Alexandra ne pût en voir le numéro.

Ils suivirent la rue de Rivoli, tournèrent à gauche, et pénétrèrent dans un dédale de rues où il se dirigeait sans hésitation. La voiture était basse et le toit ne permettait point qu'on pût apercevoir le nom de ces rues.

« Vous vous défiez de moi, dit-elle, vous ne voulez pas que je sache où vous me conduisez. Toutes les rues de ce vilain quartier me sont inconnues.

— Ce ne sont pas des rues, ce sont des routes

merveilleuses, en pleine campagne, dans des forêts magnifiques, et je vous mène dans un château merveilleux. »

Elle sourit :

« Vous n'êtes pas péruvien, n'est-ce pas ?

— Parbleu, non !

— Français ?

— De Montmartre.

— Qui êtes-vous ?

— Le chauffeur de la princesse Basileïef. »

La voiture s'arrêta devant une voûte cochère. Ils descendirent.

Une grande cour intérieure, pavée, avec un bouquet d'arbres au milieu, formait un vaste rectangle bordé de vieilles maisons dont chaque escalier était marqué par une lettre. Escalier A... Escalier B...

Ils montèrent l'escalier F. Leurs pas résonnaient sur des dalles de pierre. Ils ne rencontrèrent personne. À chaque étage une seule porte.

Tout cela délabré, mal entretenu.

Au cinquième et dernier étage, qui était très bas de plafond, Victor tira de sa poche un trousseau de fausses clefs et un papier sur lequel il y avait le plan du logement, et où il montra à sa compagne l'emplacement de quatre petites pièces.

Il n'eut aucun mal à forcer la serrure. Sans bruit, il ouvrit.

« Vous n'avez pas peur ? » murmura-t-il.

Elle haussa les épaules. Cependant, elle ne riait plus. Son visage reprenait sa pâleur ordinaire.

Une antichambre, avec deux portes en face.

Il désigna celle de droite et chuchota :

« Il dort ici. »

Il entrebâilla celle de gauche, et ils pénétrèrent dans une petite pièce pauvrement meublée de quatre chaises et d'un secrétaire, et séparée de l'autre chambre par une baie étroite que masquait un rideau.

Il écarta un peu ce rideau, regarda, et fit signe à la jeune femme de regarder.

Sur le mur opposé, une glace reflétait un lit-divan où un homme, dont on n'apercevait pas la figure, reposait. Il se pencha sur elle et lui dit à l'oreille :

« Restez là. Au moindre geste, avertissez-moi. »

Il toucha l'une de ses mains, qui était glacée. Les yeux, fixés sur le dormeur, brillaient de fièvre.

Victor recula jusqu'au secrétaire, qu'il mit un certain temps à fracturer. Plusieurs tiroirs s'offraient à lui. Il fouilla, et découvrit le bracelet, replié dans un papier de soie.

À ce moment, il y eut un léger bruit à côté, le bruit de quelque chose qui heurte un parquet.

Alexandra laissa retomber le rideau. Elle chancelait.

S'étant approché, il l'entendit qui balbutiait :

« Il a bougé... Il s'éveille... »

Il mit la main à sa poche-revolver. Elle sauta sur lui, bouleversée, et lui saisit le bras, en gémissant :

« Vous êtes fou !... Cela, non, jamais ! »

Il lui ferma la bouche.

« Taisez-vous donc... écoutez... »

Ils écoutèrent. Il n'y eut plus aucun bruit. La respiration du dormeur scandait le grand silence.

Il attira sa compagne vers la sortie. Pas à pas ils reculaient. Quand il ferma la porte, il n'y avait certes pas cinq minutes qu'ils étaient entrés.

Sur le palier elle respira largement, et, redressant sa haute taille qui semblait s'être voûtée, elle descendit, assez calme.

Remontée dans l'auto, la réaction se produisit, ses bras se raidirent, sa figure se crispa, et il crut qu'elle allait pleurer. Mais elle eut un petit rire nerveux qui la soulagea, et elle dit, comme il lui montrait le bracelet :

« Il est très beau... Et rien que des diamants admirables... Bonne affaire pour vous... Tous mes compliments ! »

L'accent était ironique. Tout à coup, Victor la sentit loin de lui, comme une étrangère, presque une ennemie. D'un signe, elle le pria d'arrêter, et le quitta, sans un mot. Il y avait une station de taxis. Elle en prit un.

Il retourna vers le vieux quartier d'où il venait, de nouveau traversa la grande cour et de nouveau monta l'escalier F. Au cinquième étage, il sonna.

Son ami, l'inspecteur Larmonat, ouvrit.

« Bien joué, Larmonat, lui dit Victor joyeusement. Tu es un dormeur de premier ordre, et ton appartement est tout à fait propre à cette petite mise en scène. Mais qu'est-ce qui est tombé ?

— Mon lorgnon.

— Un peu plus, je t'envoyais une balle dans la tête ! Et cette perspective a paru effrayer la belle dame. Elle s'est jetée sur moi, au risque de te réveiller.

— Donc elle ne veut pas de crime ?

— À moins que le souvenir de la rue de Vaugirard ne la terrifie, et que cette expérience ne lui suffise.

— Tu crois, vraiment ?...

— Je ne crois rien, dit Victor. Ce que je démêle en elle me laisse encore assez indécis. Ainsi, nous voilà complices, elle et moi, comme je le voulais. En l'amenant ici, avec moi, je me rapproche de mon but. Eh bien, j'aurais dû lui offrir, ou lui promettre sa part de butin. C'était mon intention... Je n'ai pas pu. J'admettrais qu'elle eût tué... Mais cette femme... une voleuse ?... je n'imagine pas cela... Tiens, reprends-le, ce bracelet, et remercie le bijoutier qui te l'a confié. »

Larmonat se divertit.

« Tu en emploies des trucs !

— Il faut bien. Avec un type comme ce Lupin, il faut recourir à des procédés spéciaux. »

Au Cambridge, avant de dîner, Victor reçut de Larmonat un coup de téléphone.

« Ouvre l'œil... Il paraîtrait que le commissaire Mauléon a des indications sur la retraite de l'An-

glais... On prépare quelque chose... Je te tiendrai
au courant. »

3

Victor demeura anxieux. La voie qu'il avait dû
choisir l'obligeait, lui, à n'avancer qu'avec beaucoup
de prudence, et pas à pas, sans quoi toute la bande
se fût effarouchée. Mauléon, au contraire, n'avait
pas de précautions à prendre : la piste découverte, il
foncerait droit à l'ennemi. Or, l'Anglais capturé,
c'était Lupin en danger, Alexandra sans doute com-
promise, et toute l'affaire qui lui échappait, à lui,
Victor.

Il s'écoula quarante-huit heures désagréables.
Les journaux ne faisaient aucune allusion à l'alerte
annoncée par Larmonat. Celui-ci cependant téléphona que, s'il n'en savait pas davantage, certains
détails le confirmaient dans son impression première.

L'Anglais Beamish restait invisible. Il ne quittait pas
sa chambre, soi-disant immobilisé par une foulure.

Quant à la princesse Basileïef, elle ne parut qu'une
fois, dans le hall, après le dîner. Plongée dans la lecture des revues illustrées, elle fuma des cigarettes.
Elle avait changé de place et ne salua pas Victor qui,
d'ailleurs, ne l'observa qu'à la dérobée.

Elle ne lui sembla pas inquiète. Mais pourquoi se
montrait-elle ? Était-ce pour signifier à Victor que, si
elle ne le saluait pas et ne lui parlait pas, elle était
toujours là, et prête à reprendre contact ? Elle ne
soupçonnait évidemment pas que les événements la
menaçaient d'une manière si pressante, mais elle
devait tout de même, avec son intuition de femme,
sentir autour d'elle, et surtout contre l'homme qu'elle
aimait, ce souffle du danger. Quelle force la retenait
dans cet hôtel ? Et quelle raison aussi y retenait
l'Anglais Beamish ? Pourquoi l'un et l'autre ne cher-

chaient-ils pas un refuge plus sûr ? Pourquoi, avant tout, ne se séparaient-ils pas ?

Peut-être attendait-elle cet inconnu que Victor avait remarqué, un soir, en compagnie de l'Anglais, et qui n'était, qui ne pouvait être qu'Arsène Lupin ?...

Il fut tout près d'aller vers elle et de lui dire :
« Partez. La situation est grave. »

Mais qu'eût-il répondu, si elle lui avait demandé :
« Grave pour qui ? Qu'ai-je donc à craindre ? En quoi la princesse Basileïef peut-elle être tourmentée ? L'Anglais Beamish ? Je ne le connais pas. »

Victor attendit. Lui non plus ne quittait pas l'hôtel qui était, en tout état de cause, le lieu où tout faisait prévoir que se produirait le choc, si l'ennemi ne se décidait pas à la retraite, et si le commissaire Mauléon parvenait jusque-là. Il réfléchissait beaucoup. À chaque instant, il reprenait toute l'affaire, cherchait à vérifier certaines solutions auxquelles il s'était arrêté, et les confrontait avec ce qu'il savait d'Alexandra, de sa conduite et de son caractère.

Il déjeuna dans sa chambre et rêvassa longtemps. Après quoi, se penchant sur l'avenue du haut de son balcon, il avisa la silhouette fort reconnaissable d'un de ses collègues de la Préfecture. Un autre vint en sens opposé. Ils s'assirent sur un banc, en face du Cambridge. Ils ne s'adressèrent pas la parole. Ils se tournaient le dos, mais ne quittaient pas des yeux le péristyle de l'hôtel. Deux autres inspecteurs s'établirent de l'autre côté de la chaussée, et deux autres plus loin. En tout, six. L'investissement commençait.

Le dilemme se posa pour Victor. Ou bien redevenir Victor, de la Brigade mondaine, dénoncer l'Anglais, et atteindre ainsi plus ou moins directement Arsène Lupin — mais c'était sans doute démasquer Alexandra. Ou bien...

« Ou bien quoi ? se dit-il à mi-voix. Ne pas prendre le parti de Mauléon, c'est prendre celui d'Alexandra, et lutter contre Mauléon. Pour quel motif agirais-je ainsi ? Pour réussir l'affaire moi-même, et atteindre moi-même Arsène Lupin ?... »

Il y a des moments où il vaut mieux ne pas réfléchir et se laisser mener par son instinct sans savoir où il vous mène. L'essentiel était de s'introduire au cœur même de l'action et de conserver toute sa liberté d'agir suivant les fluctuations de la lutte. Se penchant de nouveau, il aperçut l'inspecteur Larmonat qui débouchait d'une rue voisine et se dirigeait en flânant vers l'hôtel.

Que venait-il faire ?

En passant devant le banc de ses collègues, Larmonat les regarda. Il y eut un imperceptible mouvement de tête entre les trois hommes.

Puis, toujours d'un pas de promeneur, Larmonat traversa le trottoir et entra dans l'hôtel.

Victor n'hésita pas. Quoi que vînt faire Larmonat, il fallait lui parler. En bonne logique, même, Larmonat devait escompter cette rencontre.

Il descendit.

L'heure du thé approchait. Beaucoup de tables déjà étaient occupées, et dans le hall et dans les larges couloirs qui l'entouraient, les gens circulaient assez nombreux pour que Victor et Larmonat pussent s'aborder sans être remarqués.

« Alors ?

— L'hôtel est cerné.

— Qu'est-ce qu'on sait ?...

— On est à peu près sûr que l'Anglais est ici depuis l'attaque du bar.

— La princesse ?

— Pas question d'elle.

— Lupin ?

— Pas question de lui.

— Oui, jusqu'à nouvel ordre. Et tu es venu pour m'avertir ?

— Je suis de service.

— Allons donc !

— Il manquait un homme. Je rôdais du côté de Mauléon. Il m'a expédié ici.

— Il arrive ?

— Le voici qui parle au portier.

— Bigre ! ça ronfle.

— Nous sommes douze en tout. Tu devrais décamper, Victor. Il est encore temps.

— Tu es fou !

— Tu seras interrogé... S'il te reconnaît comme étant Victor ?

— Et après ? Victor s'est camouflé en Péruvien et fait son métier d'inspecteur dans l'hôtel où justement la police enquête. T'occupe pas de moi. Va te renseigner... »

Larmonat se hâta vers le vestibule d'entrée, rejoignit Mauléon, et le suivit dans les bureaux de la Direction ainsi qu'un brigadier venu du dehors.

Trois minutes. Larmonat reparut et obliqua du côté de Victor. Quelques phrases seulement furent échangées.

« Ils compulsent le registre. On y relève les noms des Anglais qui séjournent seuls, et même les noms de tous les étrangers.

— Pourquoi ?

— On ignore le nom du complice de Lupin et il n'est pas absolument certain qu'il soit anglais.

— Ensuite ?

— Ensuite on les convoque, les uns après les autres, ou bien l'on monte chez eux, et on examine leurs papiers. Tu seras probablement interrogé.

— Mes papiers sont en règle... trop, même. Et si quelqu'un veut sortir ?

— Six hommes veillent. Les suspects sont amenés à la Direction. Un inspecteur écoute les conversations téléphoniques. Tout se fait en ordre. Pas de scandale.

— Et toi ?

— Il y a par-derrière, rue de Ponthieu, une sortie réservée au personnel et aux fournisseurs, mais que des clients empruntent à l'occasion. Je suis chargé de la garder.

— La consigne ?

— Ne laisser passer personne avant six heures du soir, sans un permis signé par Mauléon, sur une carte de l'hôtel.

— À ton avis, combien de temps ai-je pour agir ?

— Tu veux donc agir ?

— Oui.

— Dans quel sens ?

— Zut ! »

Ils se quittèrent.

Victor prit l'ascenseur. Il n'avait aucune hésitation, et il ne songeait même pas qu'il fût possible d'en avoir, et qu'une décision différente pût être adoptée par lui.

Il se disait :

« C'est cela, et ce n'est pas autre chose. Il est même curieux de constater à quel point les circonstances jouent en faveur de mes projets. Seulement, il faut se dépêcher. J'ai quinze minutes devant moi... vingt tout au plus. »

Dans le couloir, la porte d'Alexandra s'ouvrit, et la jeune femme apparut en toilette de ville, comme si elle descendait pour le thé.

Il marcha sur elle, la prit à l'épaule, et la repoussa dans son appartement.

Elle résista, irritée. Qu'y avait-il donc ?

« L'hôtel est cerné par la police. On perquisitionne. »

CHAPITRE VIII

LA GRANDE BATAILLE DU CAMBRIDGE

1

Tout en reculant, Alexandra ne cessait de se débattre contre cette main crispée dont l'étreinte l'exaspérait. L'antichambre traversée, Victor ferma derrière lui la porte du boudoir. Aussitôt elle s'écria :

« C'est odieux ! De quel droit osez-vous ?... »

Il répéta lentement :

« L'hôtel est cerné par la police... »

Les ripostes qu'il avait prévues lui furent opposées :

« Et après ? Cela m'est indifférent.

— On relève la liste des Anglais... Ils vont être interrogés...

— C'est une question qui ne concerne pas la princesse Basileïef.

— Parmi ces Anglais, il y a M. Beamish. »

À peine eut-elle un battement de paupières. Elle affirma :

« Je ne connais pas M. Beamish.

— Mais si... mais si... c'est un Anglais qui habite cet étage... au numéro 337.

— Je ne le connais pas.

— Vous le connaissez.

— Vous m'espionnez donc ?

— Au besoin, pour vous secourir, comme à présent.

— Je n'ai pas besoin d'être secourue. Surtout...

— Surtout par moi, voilà ce que vous voulez dire ?

— Par personne.

— Je vous en supplie, ne m'obligez pas à des explications inutiles. Nous avons si peu de temps ! Pas plus de dix minutes... Dix minutes, vous entendez ? J'estime que, d'ici dix minutes au plus tard, deux

108

inspecteurs entreront dans la chambre de M. Beamish et le prieront de descendre à la Direction où il se trouvera en face du commissaire Mauléon. »

Elle essaya de sourire :

« Je le regrette pour ce pauvre M. Beamish. De quoi donc est-il accusé ?

— D'être un des deux hommes qui se sont évadés du bar de la rue Marbeuf. L'autre étant Arsène Lupin.

— Son cas est mauvais, dit-elle toujours calme. Si vous avez des sympathies pour ce personnage, téléphonez-lui, avertissez-le... Il jugera ce qu'il doit faire.

— Les communications téléphoniques sont interceptées.

— Enfin, quoi ! fit-elle plus nerveuse, débrouillez-vous avec lui ! »

Il y avait, dans le ton de la jeune femme, une insolence qui irrita Victor. Il répliqua, sèchement :

« Vous ne comprenez pas bien la situation, madame. Des deux inspecteurs qui, dans huit ou dix minutes, frapperont chez Beamish, l'un le conduira à la Direction, mais l'autre restera dans la chambre et fouillera.

— Tant pis pour lui !

— Et pour vous peut-être.

— Pour moi ? »

Elle avait tressauté. Indignation ? Colère ? Inquiétude ?

Elle se domina encore et redit :

« Pour moi ? Quel rapport voyez-vous donc entre cet homme et moi ? Ce n'est pas mon ami.

— Peut-être, mais il agit de concert avec vous. Ne le niez pas, je vous en prie. Je sais... je sais plus de choses que vous ne croyez... Du jour où vous avez accepté la perte de votre agrafe et où vous m'avez tendu la main, comment n'aurais-je pas voulu savoir pourquoi vous attachiez si peu d'importance à des actes de cette sorte ?

— Et ce serait parce que j'en commettais moi-même ?

— En tout cas, parce que ceux qui en commettent vous intriguent. Et, un soir, je vous ai aperçue causant avec cet Anglais.

— C'est tout ?

— Depuis, j'ai pénétré dans sa chambre et j'ai trouvé...

— Quoi ?

— Une chose qui m'a renseigné sur vous.

— Quoi ? fit-elle avec agitation.

— Une chose que la police trouvera tout à l'heure.

— Mais parlez donc !

— Dans l'armoire du sieur Beamish... précisons, au milieu d'une pile de chemises, on découvrira un foulard de soie orange et vert...

— Quoi ? Que dites-vous ? dit-elle en se redressant.

— Un foulard de soie orange et vert, le foulard avec lequel fut étranglée Élise Masson. Je l'y ai vu... Il est à cet endroit, dans l'armoire de l'Anglais... »

D'un coup, la résistance de la princesse Basileïef s'effondra. Debout, encore, mais vacillante, effarée, les lèvres qui tremblaient, elle bégaya :

« Ce n'est pas vrai... ce n'est pas possible !... »

Il continua, implacable :

« Je l'y ai vu. C'est le foulard que l'on cherche. Vous avez lu les journaux... le foulard qu'Élise Masson portait toujours au cou, le matin, chez elle. Découvert entre les mains de l'Anglais, il établit son intervention indiscutable dans le crime de la rue de Vaugirard, et l'intervention d'Arsène Lupin. Et, s'il y a ce foulard, n'y a-t-il pas aussi d'autres preuves qui dévoileront la personnalité réelle de l'autre personne, de la femme ?...

— Quelle femme ? dit-elle entre ses dents.

— Leur complice ? Celle que l'on a rencontrée dans l'escalier, à l'heure du crime... celle qui a tué... »

Elle se jeta sur Victor, et, dans un élan qui était à

la fois un aveu et cri de protestation violente, elle s'exclama :

«Elle n'a pas tué !... J'affirme que cette femme n'a pas tué... Elle a horreur du crime ! horreur du sang et de la mort !... Elle n'a pas tué !...

— Qui a tué, en ce cas ? »

Elle ne répondit point. Les sentiments se succédaient en elle avec une incroyable rapidité. Son exaltation se dissipa et fit place à un accablement soudain. D'une voix si faible qu'il pouvait à peine l'entendre, elle chuchota :

«Tout cela importe peu. Pensez de moi ce que vous voulez, je m'en moque. D'ailleurs, je suis perdue. Tout se tourne contre moi. Pourquoi Beamish a-t-il gardé ce foulard ? Il était convenu qu'il s'en débarrasserait d'une façon ou de l'autre. Non... je suis perdue.

— Pourquoi ? Partez. Rien ne vous empêche de partir, vous.

— Non, dit-elle, je ne peux pas, je n'en ai pas la force.

— Alors, aidez-moi.

— À quoi ?

— À le prévenir, lui.

— Comment ?

— Je m'en charge.

— Vous ne réussirez pas.

— Si.

— Vous reprendrez le foulard ?

— Oui.

— Et que deviendra Beamish ?

— Je lui donnerai le moyen de s'évader. »

Elle s'approcha, et Victor l'observa un instant. Elle reprenait courage. Ses yeux s'adoucissaient, et voilà qu'elle souriait presque devant cet homme, si âgé qu'il fût, mais sur qui elle croyait exercer son pouvoir de femme. Comment expliquer d'une autre manière ce dévouement qui s'offrait à elle sans conditions ? Pourquoi aurait-il risqué de se perdre pour la sauver ?

Elle-même, d'ailleurs, elle subissait la domination de ces yeux calmes, de ce visage dur.

Elle lui tendit la main.

« Hâtez-vous. J'ai peur.

— Peur pour lui ?

— Je ne doutais pas de son dévouement. Mais je ne sais plus.

— M'obéira-t-il ?

— Oui... il a peur, lui aussi...

— Il se défie de moi, cependant ?

— Non, je ne crois pas.

— Ouvrira-t-il sa porte ?

— Frappez deux fois, à trois reprises.

— Vous n'avez pas entre vous quelque signe de ralliement ?

— Non. Cette façon de frapper suffit. »

Comme il la quittait, elle le retint.

« Que dois-je faire ? Partir ?

— Ne bougez pas d'ici. Quand l'alerte sera terminée, d'ici une heure, je reviendrai et nous aviserons.

— Et si vous ne pouvez pas revenir ?

— Rendez-vous vendredi, square de la tour Saint-Jacques. »

Il réfléchit, en murmurant :

« Voyons, tout est bien réglé ? Je ne laisse aucune place au hasard ? Allons-y. Et ne bougez pas d'ici, je vous en conjure. »

Il épia, dehors. Le couloir n'était plus désert, comme d'habitude. Il y avait des allées et venues qui marquaient le début de l'agitation dans l'hôtel.

Il attendit, puis se risqua.

Une première étape le mena devant la grille de l'ascenseur. Personne. Il courut jusqu'au numéro 337, et vivement frappa, selon le rythme convenu.

Un froissement de pas, à l'intérieur. La serrure fonctionna.

Il poussa le battant, vit Beamish, et lui dit ce qu'il avait dit à la jeune femme :

112

« L'hôtel est cerné par la police... On perquisitionne... »

2

Il n'en fut pas avec l'Anglais comme avec Alexandra. Il n'y eut ni résistance d'une part ni effort de l'autre pour imposer une volonté agressive. Entre les deux hommes, ce fut l'« accrochage » immédiat. La situation apparut à l'Anglais telle qu'elle était, et la peur le courba aussitôt sans qu'il cherchât à deviner pourquoi Victor l'avertissait. D'ailleurs, s'il comprenait bien le français, il le parlait à peine.

Victor lui dit :

« Il faut m'obéir, et tout de suite. On visite toutes les chambres, car on croit que l'Anglais du bar de la rue Marbeuf se cache dans l'hôtel. Vous serez un des premiers interrogés, comme suspect, à cause de votre prétendue foulure. Entre nous, le prétexte n'était pas très malin. Il fallait, ou bien ne pas revenir ici, ou bien ne pas vous enfermer dans votre chambre. Avez-vous des papiers dangereux, des lettres ?

— Non.

— Rien qui puisse compromettre la princesse ?

— Rien.

— Farceur ! Donne-moi la clef de cette armoire. »

L'autre obéit. Victor démolit la pile des chemises, saisit le foulard de soie et l'empocha.

« C'est tout ?

— Oui.

— Il est encore temps. C'est bien tout ?

— Oui.

— Je te préviens que si tu essaies de trahir la princesse Basileïef, je te casserai la gueule. Prépare tes bottines, ton chapeau, ton pardessus. Tu vas décamper.

— Mais... la police ? fit Beamish.

— Silence. Tu connais la sortie de l'hôtel sur la rue de Ponthieu ?

— Oui.

— Il n'y a qu'un agent qui la garde. »

L'Anglais fit signe qu'il «boxerait» cet agent et passerait de force.

Victor objecta :

«Non. Pas de bêtises. Tu serais pincé.»

Il prit sur la table une carte-correspondance avec l'inscription de l'hôtel, écrivit : «Laissez passer», data et signa «Commissaire Mauléon».

«Montre cette carte à l'agent de faction. La signature est exacte, j'en réponds. Et alors, file sans broncher et sans te retourner. Au coin de la rue, le pas gymnastique.»

L'Anglais montra l'armoire pleine de son linge et de ses effets, ses objets de toilette, et eut un geste de regret.

«Eh bien, vrai, ricana Victor, qu'est-ce qu'il te faut encore ? une indemnité ? Ouste ! apprête-toi...»

Beamish prit ses bottines, mais, au même instant, on frappa. Victor s'inquiéta :

«Crénom !... Si c'était eux ? Tant pis, on se débrouillera.»

On frappa de nouveau.

«Entrez !» cria-t-il.

L'Anglais jeta ses bottines au bout de la chambre et s'allongea sur un canapé. Comme Victor allait ouvrir, on entendit le bruit d'une clef. C'était le valet d'étage qui se servait de son passe-partout. Deux inspecteurs l'accompagnaient, des collègues de Victor.

«Au revoir, cher monsieur, dit-il à l'Anglais en exagérant son accent de Sud-Américain. Ravi que votre jambe se porte mieux.»

Il se heurta aux agents. L'un d'eux lui dit avec beaucoup de politesse :

«Inspecteur Roubeau, de la Police judiciaire. Nous

faisons une enquête dans l'hôtel. Puis-je vous demander depuis quand vous connaissez monsieur ?

— M. Beamish ? Oh ! depuis quelque temps... Dans le hall... il m'a offert un cigare... Depuis qu'il s'est foulé le pied, je viens le visiter. »

Il déclina son nom :

« Marcos Avisto.

— Péruvien, n'est-ce pas ? Vous êtes sur la liste des personnes auxquelles le commissaire désire poser quelques questions. Voulez-vous avoir l'obligeance de descendre au bureau ? Vous avez vos papiers sur vous ?

— Non, ils sont dans ma chambre, à cet étage.

— Mon collègue va vous accompagner. »

L'inspecteur Roubeau regardait, sur le canapé, la jambe de l'Anglais, la cheville bandée, et, sur la table voisine, les compresses toutes prêtes. Il dit, d'un ton plus sec :

« Vous ne pouvez pas marcher, vous ?

— No.

— Le commissaire va donc venir ici. Préviens-le, dit-il à son collègue. En attendant qu'il arrive, je vais examiner les papiers de l'Anglais. »

Victor suivit le collègue. Il ricanait en lui-même. Pas une fois l'inspecteur Roubeau, cantonné dans la mission qu'on lui avait confiée plus spécialement à l'égard de l'Anglais, n'avait eu l'idée de l'examiner, lui, Victor, avec un peu d'attention. Et pas un instant non plus, certainement, l'inspecteur Roubeau ne songea qu'il restait seul, enfermé avec un homme suspect, et sans doute armé.

Victor y songea, lui. Et, tandis qu'il recueillait dans l'armoire de sa chambre les papiers authentiques qui l'accréditaient en tant que Marcos Avisto, il se disait en observant son gardien :

« Que vais-je faire ? D'un croc-en-jambe, je le jette à terre, je l'enferme ici... et je me glisse dehors par la rue de Ponthieu ? »

Mais était-ce bien utile ? Si Beamish, directement

visé, se débarrassait ainsi de Roubeau et s'évadait grâce à la fausse carte signée de Mauléon, que pouvait redouter Victor, lui ?

Il se laissa docilement conduire.

L'hôtel, cependant, s'agitait. En bas, le hall et le large vestibule se remplissaient de voyageurs ou de clients, curieux, bruyants, indignés si on les priait de ne pas sortir. Malgré tout, il y avait du désordre. Et dans son bureau, le commissaire Mauléon, qui commençait à être débordé, montrait de l'humeur.

À peine s'il jeta un coup d'œil sur Victor, qu'il adressa tout de suite à l'un de ses assistants. Il ne se souciait évidemment que du sieur Beamish, contre qui s'élevaient de fortes présomptions.

« Eh bien, et l'Anglais ? demanda-t-il à l'agent qui avait accompagné Victor, tu ne l'amènes pas ?

— Il ne marche pas... à cause de sa foulure...

— Des blagues ! Il me semble louche, ce bonhomme-là. Un gros, n'est-ce pas, figure rouge ?

— Oui. Et une moustache en brosse, très courte.

— Très courte ? Pas d'erreur... Roubeau est resté avec lui ?

— Oui.

— J'y vais... Accompagne-moi. »

L'intrusion furieuse d'un voyageur, que pressait l'heure du train et qui était inscrit sur la liste, retarda Mauléon. Il perdit là deux minutes précieuses, et deux autres encore, à donner des ordres. Enfin il se leva.

Victor, qui en avait fini avec l'examen de ses papiers, et qui ne demandait d'ailleurs aucun laissez-passer, le retrouva dans l'ascenseur avec l'inspecteur et un autre agent. Les trois policiers ne parurent même pas le remarquer. Au troisième étage, ils se hâtèrent.

Mauléon frappa fortement au 337.

« Ouvre-moi, Roubeau ! »

Il recommença, aussitôt, irrité.

« Ouvre-moi donc, nom d'un chien ! Roubeau ! Roubeau ! »

Il appela le valet de chambre, le sommelier d'étage. Le valet déboucha de l'office, sa clef en main, Mauléon le bouscula, de plus en plus inquiet. La porte fut ouverte.

« Nom de D...! s'écria le commissaire. Je m'y attendais... »

On apercevait dans la chambre, par terre, attaché avec des serviettes et un peignoir de bain, bâillonné, l'inspecteur Roubeau, qui se débattait contre ses liens.

« Pas blessé, hein, Roubeau ? Ah ! le bandit, ce qu'il t'a ligoté ! Mais, crebleu ! comment t'es-tu laissé faire ? Un gaillard comme toi. »

On délivra l'inspecteur. Roubeau grinçait de rage.

« Ils étaient deux ! mâchonna-t-il, hors de lui. Oui, deux. D'où sortait l'autre ? Il devait être caché. Il m'a attaqué par-derrière, d'un coup sur la nuque. »

Mauléon agrippa le téléphone et commanda :

« Que personne ne quitte l'hôtel ! Pas d'exception ! Vous entendez ? Toute personne qui essaierait de s'enfuir doit être arrêtée. Aucune exception n'est admise. »

Et il proférait dans la chambre :

« Ainsi, ils étaient deux ici ! Mais d'où sortait l'autre ? le second ? Tu ne t'es douté de rien ? dit-il au collègue de Roubeau. Cherche donc, bouffi... Avez-vous visité la salle de bains ? C'est là qu'il se cachait, pour sûr.

— Je crois, dit Roubeau... j'en ai eu l'impression... je tournais le dos à la salle de bains... »

On la visita. Aucune indication. Le verrou de la porte qui la faisait communiquer, à l'occasion, avec la chambre voisine, était poussé normalement.

« Qu'on fouille ! ordonna le commissaire. Qu'on fouille à fond, Roubeau, tu viens ? C'est en bas qu'il faut agir. »

Il écarta les gens attroupés dans le couloir, et il

marchait à gauche vers l'ascenseur, lorsque des clameurs arrivèrent du côté droit. Le couloir desservait
le vaste quadrilatère que dessinait l'hôtel, et il était
probable, comme le fit remarquer Roubeau, que
Beamish avait choisi le côté droit pour gagner la
façade postérieure, qui domine la rue de Ponthieu.

« Oui, mais Larmonat est de garde, dit Mauléon,
et la consigne est formelle. »

Les clameurs augmentaient. Dès le premier tournant, ils virent des groupes, à l'extrémité. On leur fit
signe. On les appela. Dans un renfoncement, qui formait comme un salon d'hiver, encombré de palmiers et meublé de fauteuils, des personnes étaient
penchées sur un corps étendu, que l'une d'elles venait
de découvrir, entre les caisses de deux palmiers.

Roubeau déclara :

« L'Anglais... je le reconnais... Il est couvert de
sang...

— Comment ! Beamish ? Mais il n'est pas mort,
hein ?

— Non, dit quelqu'un, qui, à genoux, auscultait
la victime. Mais sérieusement touché.... un coup de
couteau à l'épaule.

— Alors quoi, Roubeau, s'écria Mauléon, ce serait
l'autre ? Ce serait celui qui était caché et qui t'a
frappé dans le dos ?

— Parbleu ! il a voulu se débarrasser de son complice. Heureusement qu'on l'aura, puisque toutes
les issues sont interdites. »

Victor, qui n'avait pas quitté les deux policiers,
n'attendit pas, et, à la faveur du tumulte, s'échappa
vers le second escalier, qu'il dégringola rapidement.

Au rez-de-chaussée, la sortie de la rue de Ponthieu
était proche. Des domestiques de l'hôtel en encom-
braient les abords, où veillaient Larmonat et deux
inspecteurs. Victor fit signe à Larmonat qui manœuvra de façon à pouvoir lui parler.

« Impossible de passer, Victor... La consigne...

— T'inquiète pas. Je me débrouillerai sans toi...
On t'a présenté une carte ?

— Oui.

— Un faux, tout probable.

— Cré bon sang !

— Le type a filé ?

— Dame !

— Son signalement ?

— Pas fait attention... Jeune d'allure.

— Alors, tu ne sais pas qui c'était ?

— Non.

— Arsène Lupin. »

3

La certitude de Victor, tout de suite elle s'imposa spontanément à tous ceux qui vécurent ces minutes d'affolement où se mêlaient, comme d'habitude avec Lupin, un côté comique, de la bouffonnerie, et des airs de vaudeville.

Mauléon, blême et déconcerté, affectant un calme que démentait sa pâleur, siégeait en permanence dans le bureau de la Direction, ainsi qu'un chef d'armée en son quartier général. Il téléphonait à la Préfecture, réclamait des renforts, expédiait des estafettes d'un bout à l'autre de l'hôtel, donnait des ordres contradictoires qui faisaient perdre la tête à tout le monde. On criait :

« Lupin !... C'est Lupin !... Il est bloqué ! On l'a vu... »

L'Anglais Beamish passa, couché sur un brancard. On le portait à l'hôpital Beaujon, et le médecin de service affirma :

« La blessure n'est pas mortelle... Demain il pourra être interrogé... »

Puis ce fut Roubeau qui arriva de la rue de Ponthieu, très agité.

« Il s'est enfui par-derrière. Il a remis à Larmonat une carte signée de vous, chef ! »

Mauléon protesta violemment :

« C'est un faux ! Je n'ai pas signé une seule carte ! Fais venir Larmonat ! La signature n'est même pas imitée ! Il n'y a que Lupin pour avoir un culot pareil. Monte dans la chambre de l'Anglais... examine l'encrier, la plume, et s'il y a des cartes de l'hôtel. »

Roubeau repartit comme une flèche.

Cinq minutes plus tard il revenait :

« L'encrier est encore ouvert... le porte-plume n'est pas à sa place... Il y a des cartes de l'hôtel...

— Donc, le faux a été commis à cet endroit, tandis que tu étais ficelé.

— Non. Je l'aurais vu. L'Anglais a mis ses souliers. Et puis ils se sont trottés.

— Mais ni l'un ni l'autre ne savaient qu'on enquêtait ?

— Peut-être.

— Par qui ?

— Quand je suis entré dans la chambre, il y avait quelqu'un avec l'Anglais... un type du Pérou...

— Marcos Avisto... Qu'est-il devenu, celui-là ? »

Nouvelle envolée de Roubeau.

« Personne, dit-il à son retour... La chambre est vide... trois chemises... un costume... des objets de toilette... une boîte de maquillage dont on vient de se servir et qui n'est même pas refermée. Le Péruvien a dû se grimer avant de filer.

— Un complice certainement, dit Mauléon. Ils étaient donc trois... Monsieur le directeur, qui habitait la chambre située à côté de la salle de bain occupée par Beamish ? »

On consulta le plan de l'hôtel. Le directeur déclara, très étonné :

« Cette chambre était louée à M. Beamish.

— Comment cela ?

— Depuis le début de son séjour. Il avait pris les deux chambres. »

Ce fut de la stupeur. Mauléon résuma :

« Ainsi donc, selon toute vraisemblance, on peut affirmer que les trois compères habitaient les uns près des autres au même étage. Marcos Avisto au numéro 345, Beamish au 337, et Arsène Lupin dans la chambre voisine qui lui servait de retraite depuis sa fuite du bar de la rue Marbeuf, et où il se remettait de sa blessure, soigné, gardé et nourri par Beamish, avec tant de discrétion et d'habileté que le personnel de l'étage ne s'est même pas douté de sa présence. »

Toute cette situation fut exposée devant M. Gautier, le directeur de la Police judiciaire, qui venait d'entrer, et qui avait écouté l'exposé de la situation fait par le commissaire Mauléon. M. Gautier approuva, se fit donner quelques explications supplémentaires, et conclut :

« Beamish est pris. Si ce n'est pas Lupin qui a usé de la carte, il est encore dans l'hôtel. Et, en tout cas, le Péruvien s'y trouve, lui. Les recherches sont donc singulièrement plus faciles, et toute consigne peut être levée. Un inspecteur, à chaque entrée, surveillera les allées et venues. Mauléon, veuillez visiter les chambres... visites courtoises, sans perquisition ni interrogatoire. Victor vous assistera. »

Mauléon objecta :

« Victor n'est pas ici, chef.

— Mais si.

— Victor ?

— Parfaitement, Victor, de la Brigade mondaine. Quand je suis arrivé, nous avons échangé quelques mots. Il causait avec ses collègues et avec le portier de l'hôtel. Appelez-le, Roubeau. »

Victor se présenta, guindé dans son veston trop étroit, l'air renfrogné comme à l'ordinaire.

« Vous étiez donc là, Victor ? demanda Mauléon.

— J'arrive, répondit-il. Juste le temps de me faire

mettre au courant. Tous mes compliments. L'arrestation de l'Anglais, c'est un gros atout.

— Oui, mais Lupin?...

— Ça, Lupin, ça me concerne. Si vous n'aviez pas précipité les choses, je vous le servais tout rôti, votre Lupin.

— Que vous dites! Et son complice, Marcos Avisto, un Brésilien?...

— Tout rôti également. C'est un de mes bons amis, ce Marcos, un garçon charmant! Et rudement fort. Il a dû vous passer sous le nez.»

Mauléon haussa les épaules.

«Si c'est là tout ce que vous avez à dire...

— Ma foi, oui. Cependant, j'ai fait une petite découverte... oh! insignifiante... et qui n'a peut-être pas de rapport avec notre affaire.

— Quoi encore?

— Sur votre liste, n'y a-t-il pas un autre Anglais, du nom de Murding?

— Oui, Hervé Murding. Il était sorti.

— Je l'ai vu qui rentrait. J'ai questionné le portier à son propos. Il occupe une chambre au mois, où il couche rarement et où il ne vient qu'une fois ou deux par semaine, l'après-midi. Une dame, toujours la même, élégante, soigneusement voilée, l'y rejoint, et ils prennent le thé ensemble. Cette dame, qui l'attend parfois dans le hall, est venue tantôt avant que Murding fût arrivé, et, devant l'agitation et le tumulte ici, elle est repartie. Peut-être serait-il bon que l'Anglais Murding soit convoqué.

— Roubeau, vas-y. Ramène-nous l'Anglais Murding.»

Roubeau s'élança et ramena un monsieur qui n'avait certainement pas le droit de se faire appeler Hervé Murding, et qui n'était certainement pas anglais.

Mauléon, qui le reconnut aussitôt, s'écria, fort surpris:

«Comment! c'est vous, Félix Devalle, l'ami de Gustave Géraume! le marchand de biens de Saint-Cloud! C'est vous qui vous faites passer pour anglais?»

Félix Devalle, l'ami de Gaston Géraume, le marchand de biens de Saint-Cloud, avait l'air assez penaud. Il essaya bien de plaisanter, mais son rire sonnait faux.

«Oui... n'est-ce pas?... ça m'est commode d'avoir un pied-à-terre à Paris... quand je vais au théâtre.

— Mais pourquoi sous un autre nom?

— Une fantaisie... Et vous avouerez que cela ne regarde personne.

— Et la dame que vous recevez?...

— Une amie.

— Une amie, toujours voilée?... Mariée peut-être?

— Non... non... mais elle a des raisons...»

L'incident paraissait plutôt comique. Mais pourquoi cette attitude embarrassée?... ces hésitations?

Il y eut un instant de silence, puis Mauléon, qui avait consulté le plan, prononça:

«La chambre de Félix Devalle est également au troisième étage, tout près du petit salon d'hiver où l'on a frappé l'Anglais Beamish.»

M. Gautier regarda Mauléon. La coïncidence les frappait tous les deux. Devait-on voir en Félix Devalle un quatrième complice? et la femme voilée, qui lui rendait visite, n'était-elle autre que la dame du Ciné-Balthazar et que la meurtrière d'Élise Masson?

Ils se tournèrent du côté de Victor. Celui-ci haussa les épaules et formula avec ironie:

«Vous allez trop loin. Je vous ai dit que l'incident était secondaire. Un hors-d'œuvre, pas davantage. Tout de même, il faut l'éclairer.»

M. Gautier pria Félix Devalle de se tenir à la disposition de la justice.

«Parfait, conclut Victor. Maintenant, chef, je vous demanderai de me recevoir un de ces proches matins.

— Du nouveau, Victor?

— Certaines explications à donner, chef.»

Victor, qui se dispensa d'accompagner le commissaire Mauléon dans l'exploration de l'hôtel, jugea prudent d'avertir la princesse Basileïef. L'arrestation de l'Anglais Beamish pouvait amener, en effet, des révélations dangereuses pour elle.

Il se glissa donc dans la pièce du standard téléphonique, et, toutes consignes étant levées, pria la demoiselle de lui donner la communication avec le numéro 345.

Le numéro 345 ne répondit pas.

« Insistez donc, mademoiselle. »

Nouvel appel inutile.

Victor alla s'enquérir auprès du portier.

« La dame de l'appartement 345 est-elle sortie ?

— La princesse Basileïef ? Elle est partie... il y a une heure environ. »

Victor en reçut un choc désagréable.

« Partie ?... tout d'un coup ?

— Oh ! non, tous les bagages ont été enlevés hier, et sa note payée dès ce matin. Il ne lui restait qu'une valise. »

Victor n'en demanda pas davantage. Après tout, n'était-il pas naturel qu'Alexandra Basileïef s'en fût allée, et que l'on ne se fût pas opposé à son départ ? Et, d'un autre côté, qu'est-ce qui la contraignait à attendre son autorisation à lui, Victor ?

Tout de même, il enrageait. Lupin évanoui... Alexandra disparue... Où et comment les retrouver ?

CHAPITRE IX

AU CŒUR DE LA PLACE

1

«Une nuit suffit à réparer tous les désastres», prétendait Victor. Lorsque son ami Larmonat vint le voir le lendemain soir, il n'avait pas repris une figure plus souriante qu'à l'ordinaire, mais il était apaisé et confiant.

«Partie remise, affirma-t-il. Mon ouvrage était si solide que l'apparence seule en fut dérangée.

— Veux-tu que je te dise mon opinion? proposa Larmonat.

— Je la connais... Tu en as assez.

— Eh bien, oui! Trop de complications... des trucs qui ne se font pas quand on a l'honneur d'être policier... Il y a des fois où l'on croirait que tu es de l'autre côté de la barricade.

— Quand on veut arriver, on ne choisit pas son chemin.

— Peut-être, mais moi...

— Toi, tu es dégoûté. Autant rompre, alors...

— Eh bien, mon vieux, s'écria Larmonat, d'un ton résolu, puisque tu me le proposes, j'accepte. Rompre, non, je te dois trop de reconnaissance, mais interrompre.

— Tu as de l'esprit aujourd'hui, ricana Victor. En tout cas, je ne puis t'en vouloir de tes scrupules. J'en serai quitte pour choisir à la Police judiciaire un autre collaborateur...

— Qui?

— Je ne sais pas... Le directeur, peut-être...

— Hein? M. Gautier?

— Peut-être... Sait-on jamais ? Qu'est-ce qu'on y dit, à la Police ?

— Ce que tu as lu dans les journaux. Mauléon exulte ! Somme toute, s'il n'a pas eu Lupin, il a l'Anglais. Avec les trois Russes, le tableau est respectable.

— L'Anglais n'a pas parlé ?

— Pas plus que les Russes. Au fond, tous ces gens-là espèrent que Lupin les sauvera.

— Et Félix Devalle, l'ami de Gustave Géraume ?

— Mauléon se démène à son sujet. Aujourd'hui il est à Saint-Cloud et à Garches. On cherche des renseignements. La piste leur paraît sérieuse, et le public marche. La participation de Félix Devalle expliquerait bien des choses. Bref, on s'emballe.

— Un dernier mot, mon vieux. Téléphone-moi dès que tu auras des nouvelles sur le Devalle, principalement sur ses moyens d'existence et sur l'état de ses affaires. Tout est là.»

Victor ne bougea plus de chez lui. Il aimait ces périodes, ces pauses dans l'action, durant lesquelles on envisage toute une aventure, on étale devant soi tous les épisodes et l'on confronte les faits avec l'idée qu'on s'en est formée peu à peu.

Le jeudi soir, communication de Larmonat. La situation financière de Félix Devalle était mauvaise. Des dettes, du bluff... il ne se soutenait que par des coups de Bourse et des spéculations désespérées. Ses créanciers le disaient aux abois.

«Il est convoqué ?

— Par le juge d'instruction, pour demain matin, onze heures.

— Pas d'autre convocation ?

— Oui, la baronne d'Autrey et Mme Géraume. On veut tirer certains points au clair. Le directeur et Mauléon assisteront...

— Moi aussi.

— Toi aussi ?

— Oui. Préviens M. Gautier.»

Le lendemain matin Victor passa d'abord au Cambridge, et se fit conduire dans la chambre qu'avait occupée Félix Devalle et que l'on tenait close. Ensuite, il se rendit à la Préfecture où M. Gautier l'attendait. Ils entrèrent ensemble chez le juge d'instruction, avec le commissaire Mauléon.

Au bout d'une minute, Victor manifesta son ennui par des bâillements et par une attitude si peu convenable que M. Gautier, qui le connaissait bien, lui dit avec impatience :

« Enfin, quoi ! Victor, puisque vous avez à parler, faites-le.

— J'ai à parler, dit-il de son air grognon. Mais je demande que ce soit en présence de Mme d'Autrey et de Gustave Géraume. »

On l'observa avec étonnement. On savait le personnage bizarre, mais sérieux, et fort avare de son temps et du temps des autres. Il n'aurait pas sollicité cette confrontation sans raisons péremptoires.

La baronne fut introduite d'abord, enveloppée dans son voile de deuil. Puis, un moment après, on amena Gustave Géraume, toujours souriant et allègre.

Mauléon ne dissimulait pas sa désapprobation.

« Eh bien, allez-y, Victor, grommela-t-il. Vous avez sans doute des révélations importantes ?...

— Des révélations, non, dit Victor sans se démonter. Mais je voudrais éliminer certains obstacles qui nous gênent, et rectifier des erreurs et des idées fausses qui encombrent la route. Dans toute affaire, il y a un instant où le point doit être fait, si on veut repartir de plus belle. Je l'ai déjà fait une fois en nous débarrassant de tout ce qui était la première phase de l'action et qui tournait autour des Bons de la Défense. Il faut maintenant, avant l'attaque définitive contre Lupin, nous débarrasser de tout ce qui représente le crime de *La Bicoque*. Restent en scène Mme d'Autrey, M. et Mme Gustave Géraume, et

M. Félix Devalle… Finissons-en. Ce sera bref. Quelques questions… »

Il se tourna vers Gabrielle d'Autrey.

« Je vous supplie, madame, de bien vouloir répondre en toute franchise. Considérez-vous le suicide de votre mari comme un aveu ? »

Elle écarta son voile de crêpe. On vit ses joues pâlies, ses yeux rougis par les larmes, et elle prononça fermement :

« Mon mari ne m'a pas quittée la nuit du crime.

— C'est votre affirmation et le crédit qu'on y attache, déclara Victor, qui empêchent d'atteindre une vérité qu'il est indispensable de connaître.

— Il n'y a d'autre vérité que celle que j'affirme. Il ne peut pas y en avoir d'autre.

— Il y en a une autre », déclara Victor.

Et, s'adressant à Gustave Géraume, il dit :

« Cette autre, vous la connaissez, Gustave Géraume. D'un seul coup, comme je l'ai laissé entendre, lors de notre dernière entrevue, vous pouvez dissiper les ténèbres. Voulez-vous parler ?

— Je n'ai pas à refuser. Je ne sais rien.

— Si, vous savez.

— Rien du tout, je le jure.

— Vous refusez ?

— Je n'ai pas à refuser. Je ne sais rien.

— Alors, dit Victor, je me décide. Je ne le fais qu'avec le regret de causer à Mme d'Autrey une blessure cruelle, affreusement cruelle. Mais, un jour ou l'autre, elle saurait. Autant couper dans le vif. »

Gustave Géraume eut un geste de protestation assez déconcertant chez un homme qui s'était dérobé à toute réponse :

« Monsieur l'inspecteur, c'est bien grave, ce que vous allez faire.

— Pour savoir que c'est grave, il faut que vous sachiez d'avance ce que je vais dire. En ce cas, parlez… »

Victor attendit. L'autre se taisant, il commença résolument :

« Le soir du crime, Gustave Géraume dîne à Paris avec son ami Félix Devalle. C'est une distraction que les deux amis s'offrent souvent, car ils sont tous les deux amateurs de bons repas et de bons vins. Mais, à ce dîner-là, les libations furent plus abondantes, à tel point que lorsque Gustave Géraume revient, sur le coup de dix heures et demie, il n'a pas bien sa tête à lui. Au Carrefour, il avale un dernier kummel, qui achève de le griser, et, tant bien que mal, il repart dans son auto, suit la route de Garches. Où est-il ? Devant sa maison ? Il en est persuadé. En réalité, il n'est pas devant sa maison, c'est-à-dire devant sa villa actuelle, mais devant une maison qui lui appartient, où, durant dix ans, il a habité, où il est rentré cent fois le soir, en revenant de Paris, après avoir fait de bons dîners. Une fois de plus, il a fait un bon dîner. Une fois de plus, il rentre chez lui. N'a-t-il pas sa clef en poche ? cette clef que réclame son locataire, d'Autrey, et pour laquelle ils ont comparu en justice de paix. Il l'a toujours dans sa poche, par entêtement, et pour qu'on ne la retrouve pas ailleurs. Alors, n'est-il pas naturel qu'il s'en serve ? Il sonne. La concierge ouvre. Il murmure son nom en passant. Il monte. Il prend sa clef, et il entre. *Il entre chez lui. Parfaitement, chez lui. Chez lui, et pas ailleurs*. Comment, avec ses yeux troublés, son cerveau vacillant, ne reconnaîtrait-il pas *son* appartement, *son* vestibule ? »

Gabrielle d'Autrey s'était levée. Elle était livide. Elle essaya de balbutier une protestation. Elle ne le put pas. Et Victor continua, posément, en détachant les phrases les unes des autres :

« Comment ne reconnaîtrait-il pas la porte de *sa* chambre ? C'est la même. C'est la même poignée qu'il tourne, le même battant qu'il pousse. La chambre est obscure. Celle qu'il croit sa femme est assoupie. Elle ouvre à demi les yeux... prononce quelques mots à voix basse… L'illusion commence pour elle aussi… Rien ne la dissipera… Rien… »

Victor s'interrompit. L'angoisse de Mme d'Autrey devenait effroyable. On devinait tout l'effort de sa pensée, l'éveil de certains souvenirs qui la frappaient et de certains détails qui lui revenaient, bref toute l'explication redoutable qui s'imposait à elle avec une logique terrible. Elle regarda Gustave Géraume, eut un geste d'horreur, vira sur elle-même, et tomba agenouillée devant un fauteuil, en se cachant la figure…

Tout cela se produisit dans un grand silence. Aucune objection ne s'éleva contre l'étrange révélation faite par Victor et acceptée par la baronne. Gabrielle d'Autrey s'était recouvert la tête de son crêpe.

Gustave Géraume demeurait là, un peu gêné, à demi souriant, très comique. Victor lui dit :

« C'est bien cela, n'est-ce pas ? Je ne me suis pas trompé ?… »

L'autre ne savait pas trop s'il devait avouer ou s'obstiner dans son rôle de galant homme qui se laisse emprisonner plutôt que de compromettre une femme. À la fin, il articula :

« Oui… c'est ça… J'étais éméché… Je ne me suis pas rendu compte… c'est à six heures seulement… en me réveillant, que j'ai compris… Je suis sûr que Mme d'Autrey m'excusera… »

Il n'en dit pas davantage. Une hilarité, sourde d'abord, puis irrésistible, se propageait de M. Validoux à M. Gautier, du secrétaire à Mauléon lui-même. Alors, la bouche de Gustave Géraume s'élargit, et à son tour il se mit à rire, sans bruit, amusé de cette aventure qui lui avait conservé sa bonne humeur en prison, et dont la drôlerie lui apparaissait soudain.

Il répéta, d'un ton désolé, en s'adressant à la forme noire à genoux :

« Il faut m'excuser… Ce n'est pas de ma faute…

Le hasard, n'est-ce pas? Depuis, j'ai fait ce que j'ai pu pour qu'on ne se doute de rien...»

La baronne se leva. Victor lui dit:

«Encore une fois je m'excuse, madame, mais il le fallait, pour la justice d'abord et pour vous-même aussi... oui, pour vous-même. Un jour vous me remercierez... vous verrez cela...»

Sans un mot, toujours invisible dans ses voiles, courbée sous la honte, elle sortit...

Gustave Géraume fut emmené...

2

Victor, lui, n'avait rien perdu de son sérieux. Cependant il dit, d'un petit ton apitoyé où il y avait malgré tout de la raillerie:

«Pauvre dame! Ce qui m'a mis sur la voie, c'est la façon dont elle parlait du retour de son mari, cette nuit-là. Elle en gardait un souvenir ému... "Je me suis endormie dans ses bras", disait-elle, comme si c'était un événement rare. Or, le soir même, d'Autrey me disait qu'il n'avait jamais eu que de l'affection pour sa femme. Contradiction flagrante, n'est-ce pas? Et tout à coup, quand je l'eus constatée, je me suis souvenu de cette histoire de clef qui était cause de tant de conflits entre le ménage d'Autrey et le ménage Géraume. Ces deux idées se choquant l'une à l'autre, ce fut suffisant, l'étincelle jaillit en mon esprit: Géraume, le propriétaire, l'ancien habitant de l'appartement, la possédait, cette clef. Dès lors la suite des événements se déduisait d'elle-même, comme je vous l'ai exposée.

— De sorte que le crime?... demanda M. Validoux.

— Le crime fut commis par d'Autrey, seul.

— Mais cette dame du cinéma? celle que l'on a rencontrée dans l'escalier d'Élise Masson?

— Elle connaissait Élise Masson, et c'est par elle qu'elle apprit que le baron d'Autrey était sur la piste des Bons de la Défense, que ces Bons se trouvaient chez le père Lescot, et que le baron devait tenter de les reprendre. Elle y alla, elle aussi.

— Pour les voler ?

— Non. D'après mes renseignements, ce n'est pas une voleuse, mais une névrosée, avide de sensations. Elle se rendit là-bas, pour voir, par curiosité, tomba juste à l'instant du crime, et n'eut que le temps de s'enfuir vers l'auto qu'elle conduisait.

— C'est-à-dire vers Lupin ?

— Non. Si Lupin avait persisté à s'occuper des Bons de la Défense, après son échec à Strasbourg, l'affaire eût été mieux conduite. Non. Il ne s'intéressait déjà plus qu'à son affaire des dix millions, et sa maîtresse a dû agir seule, en dehors de lui. D'Autrey, qui ne la vit peut-être même pas, se sauva de son côté, n'osa pas revenir chez lui, vagabonda toute la nuit sur les grand-routes, et, au petit matin, échoua chez Élise Masson. Un peu plus tard, je faisais ma première visite chez la baronne, et c'est la méprise dont elle avait été victime à son insu, qui lui permit de défendre son mari avec tant d'élan, et de me dire avec tant de conviction sincère qu'il ne l'avait pas quittée de toute la nuit.

— Mais cette méprise, d'Autrey l'ignorait...

— Évidemment. Mais l'après-midi, il sut que sa femme le défendait, contre toute vraisemblance.

— Comment le sut-il ?

— Voici. Mon entretien avec sa femme avait été écouté, à travers la porte, par la vieille bonne. Se rendant au marché, cette vieille bonne fut repérée par un journaliste à l'affût et lui raconta la scène. Le journaliste fit un article et le porta à une petite feuille du soir où il passa à peu près inaperçu. Mais, à quatre heures, près de la gare du Nord, d'Autrey acheta cette feuille et apprit, avec stupeur évidemment, que sa femme lui fournissait un alibi irréfutable. Il renonça donc à son départ, mit son butin à l'abri, et entama la lutte. Seulement...

— Seulement ?...

— Eh bien, quand il se rendit compte exactement de la valeur de cet alibi, et qu'il eût découvert peu à peu les raisons pour lesquelles sa femme était si convaincue, alors, sans rien lui dire, il la roua de coups. »

Et Victor acheva :

« Nous savons maintenant que c'est en faveur de Gustave Géraume que joue l'alibi dont profitait le baron d'Autrey. Quand nous saurons en quoi Géraume fut complice d'un crime auquel il n'a pas assisté, le problème de *La Bicoque* sera résolu. Nous allons être renseignés.

— Comment ?

— Par Henriette Géraume, sa femme.

— Elle est convoquée, dit M. Validoux.

— Veuillez faire entrer aussi Félix Devalle, monsieur le juge. »

On introduisit d'abord Henriette Géraume, Félix Devalle ensuite.

Celle-là semblait très lasse. Le juge d'instruction la pria de s'asseoir. Elle balbutia des remerciements.

Victor, qui s'était approché d'elle, se baissa et parut ramasser quelque chose. C'était une menue épingle à cheveux, une épingle-neige ondulée, couleur de cuivre. Il l'examina. Henriette la saisit machinalement et la mit dans ses cheveux.

« C'est bien à vous, madame ?

— Oui.

— Vous en êtes tout à fait sûre ?

— Tout à fait.

— C'est que, voilà, dit-il, je ne l'ai pas trouvée ici, mais parmi plusieurs autres épingles et babioles laissées au fond d'une petite coupe de cristal, dans la chambre que Félix Devalle occupait à l'hôtel Cambridge et où vous veniez le retrouver. Vous êtes la maîtresse de Félix Devalle. »

C'était une méthode chère à Victor, l'attaque absolument imprévue, effectuée par des moyens contre lesquels il semble tout d'abord qu'il n'y a pas de défense possible.

La jeune femme fut suffoquée. Elle essaya bien de résister, mais il lui assena un autre coup qui acheva de l'étourdir.

« Ne niez pas, madame, j'ai vingt preuves de cette nature », affirma Victor, qui n'en avait aucune.

Hors de combat, ne sachant pas comment riposter ni à quoi se raccrocher, elle observa Félix Devalle. Il se taisait, très pâle. Lui aussi, la violence de l'assaut le déconcertait.

Et Victor reprit :

« Dans toute affaire, il y a autant de hasard que de logique. Et c'est pur hasard si Félix Devalle et Mme Géraume choisirent comme lieu de leurs rendez-vous l'hôtel Cambridge, qui était justement le quartier général d'Arsène Lupin. Pur hasard... simple coïncidence. »

Félix Devalle s'avança, en gesticulant avec indignation.

« Je n'admets pas, monsieur l'inspecteur, que vous vous permettiez d'accuser une femme pour qui mon respect...

— Allons, pas de blague, dit Victor. J'énumère simplement quelques faits, qu'il sera facile de vérifier, et auxquels vous pourrez opposer vos objections. Si M. le juge d'instruction, par exemple, acquiert la certitude que vous êtes l'amant de Mme Géraume, il se demandera si vous n'avez pas voulu profiter des événements pour rendre suspect le mari de votre maîtresse, et si vous n'avez pas concouru à son arrestation. Il se demandera si ce n'est pas vous qui avez conseillé par téléphone au commissaire Mauléon de chercher dans le secrétaire de Gustave Géraume, si ce n'est pas vous qui avez poussé votre maîtresse à retirer les deux balles de revolver, si le jardinier Alfred n'a pas été placé par vous, comme on me l'a dit, chez votre ami Géraume, et si vous ne l'avez pas payé pour se rétracter et pour faire une fausse déposition contre son maître.

— Mais vous êtes fou ! s'écria Félix Devalle, rouge de colère. Quels motifs m'auraient conduit à de pareils actes ?

— Vous êtes ruiné, monsieur. Votre maîtresse est riche. Un divorce s'obtient aisément contre un mari compromis. Je ne dis pas que vous auriez gagné la partie. Mais je dis que vous vous êtes lancé tête basse dans l'aventure, comme un homme perdu et qui joue son va-tout ! Quant aux preuves... »

Victor se tourna vers M. Validoux :

« Monsieur le juge d'instruction, le rôle de la Police judiciaire est d'apporter à la justice des éléments d'une information rigoureuse. Les preuves vous seront faciles à trouver. Je ne doute pas qu'elles n'appuient mes conclusions : culpabilité de d'Autrey, innocence de Gustave Géraume, tentative de la part de Félix Devalle pour induire en erreur la justice. Je n'ai plus rien à dire. Quant à l'assassinat d'Élise Masson, nous en causerons plus tard. »

Il se tut. Ses paroles avaient produit une grande impression. Félix Devalle prenait des airs de défi. Si Mauléon hochait la tête, le magistrat et M. Gautier subissaient la force d'une argumentation qui s'adaptait si bien à toutes les exigences de la réalité.

Victor tendit son paquet de cigarettes caporal au juge d'instruction et à M. Gautier, qui acceptèrent distraitement, fit jouer son briquet, alluma et sortit, laissant les autres à leur besogne.

Dans le couloir, il fut rattrapé par M. Gautier qui lui serra la main vivement.

« Vous avez été épatant, Victor.

— Je l'aurais été bien plus, chef, si ce sacré Mauléon ne m'avait pas coupé l'herbe sous le pied.

— Comment cela ?

— Dame ! en survenant dans l'hôtel Cambridge au moment où je tenais toute la bande.

— Vous y étiez donc, dans l'hôtel ?

— Parbleu, chef, j'étais même dans la chambre.

— Avec l'Anglais Beamish?

— Mon Dieu, oui.

— Mais il n'y avait que le Péruvien, Marcos Avisto.

— Le Péruvien, c'était moi.

— Qu'est-ce que vous dites?

— La vérité, chef.

— Pas possible!

— Mais si, chef. Marcos Avisto et Victor, c'est kif-kif. » Et Victor serra la main de M. Gautier, en ajoutant:

« À bientôt, chef. Dans cinq ou six jours, je réparerai la gaffe de Mauléon et Lupin sera pris au piège. Mais n'en soufflez pas mot. Sans quoi, une fois de plus, tout s'écroulera.

— Cependant vous admettrez...

— J'admets que j'y vais quelquefois un peu fort, mais c'est votre avantage, chef. Laissez-moi mes coudées franches. »

Victor déjeuna dans une taverne. Il était ravi. Délivré de toutes méditations et indécisions relatives au crime de *La Bicoque*, au ménage d'Autrey, au ménage Géraume, à Félix Devalle, ayant chargé la police de s'occuper de tous ces gens comme il l'avait fait pour Audigrand, et pour la dactylographe Ernestine, et pour la dame Chassain, il se sentait soulagé. Enfin, il pouvait se consacrer à sa tâche! Plus d'équivoques! Plus de fausses manœuvres provoquées par des tiers! Plus de Mauléon! Plus de Larmonat! Plus de gens de qui il dépendait! Lupin et Alexandra, Alexandra et Lupin, ceux-là seuls importaient.

Il fit deux ou trois courses, redevint le Péruvien Marcos Avisto, et, à trois heures moins cinq, il entrait dans le square de la tour Saint-Jacques.

Pas un instant, depuis le lendemain de l'échauf-
fourée de l'hôtel Cambridge, Victor n'avait douté : la
princesse Basileïef viendrait au rendez-vous qu'il lui
avait jeté à la dernière minute pour le cas où ils ne se
retrouveraient point. Il n'admettait pas, qu'après le
rôle tenu par lui en cette circonstance, qu'après le
choc violent qui les avait lancés l'un contre l'autre,
puis réunis dans un même danger, elle se décidât à
ne jamais le revoir. Il lui était apparu sous un tel
jour, il lui avait laissé un tel souvenir d'homme
adroit, énergique, utile, dévoué, qu'une fois encore
elle serait attirée vers lui.

Il attendit.

Des enfants jouaient avec le sable. De vieilles
dames tricotaient ou somnolaient à l'ombre des
arbres ou de la tour. Sur un banc, un monsieur lisait
derrière son journal déployé.

Il s'écoula dix minutes, et puis quinze, et puis
vingt.

À trois heures et demie, Victor se tourmenta. En
vérité, n'allait-elle pas venir ? Le fil qui la rattachait
à lui, se résoudrait-elle à le briser ? Avait-elle quitté
Paris, la France ? En ce cas, comment la retrouver
et comment arriver jusqu'à Lupin ?

Inquiétude passagère, et qui finit par un sourire
de satisfaction qu'il dissimula en tournant la tête
d'un autre côté. En face de lui, ces deux jambes que
l'on apercevait au-dessous du journal déployé, n'était-
ce pas ?...

Il attendit encore cinq minutes, se leva et se dirigea lentement vers la sortie.

Une main se posa sur son épaule. L'homme au
journal l'abordait, très aimable, et cet homme lui
dit :

« Monsieur Marcos Avisto ? n'est-ce pas ?

— Lui-même... Arsène Lupin, sans doute ?

— Oui, Arsène Lupin... sous le nom d'Antoine Bressacq. Permettez-moi aussi de me présenter comme un ami de la princesse Basileïef. »

Victor l'avait reconnu sur-le-champ : c'était bien l'homme qu'il avait aperçu un soir, à l'hôtel Cambridge, avec l'Anglais Beamish. Ce qui le frappa tout de suite, c'est la dureté, mais aussi la franchise des yeux gris foncé, couleur d'ardoise. Cette dureté, un sourire affable la corrigeait, et plus encore le désir manifeste de plaire. Une allure très jeune, un buste large, un air de grande force et de souplesse sportive, beaucoup d'énergie dans la mâchoire et dans l'ossature du visage... Quarante ans peut-être. Une excellente coupe de vêtements.

« Je vous ai aperçu au Cambridge, dit Victor.

— Ah ! fit Bressacq en riant, vous avez aussi la faculté de ne jamais oublier une personne rencontrée ? En effet, je suis venu plusieurs fois dans le hall avant de me réfugier, comme blessé de guerre, dans la seconde chambre de Beamish.

— Votre blessure ?...

— Presque rien, mais douloureuse et gênante. Lorsque vous êtes venu avertir Beamish — ce dont je vous remercie vivement — j'étais à peu près d'aplomb.

— Assez en tout cas pour lui envoyer un mauvais coup.

— Dame ! il me refusait le sauf-conduit que vous lui aviez signé. Mais j'ai frappé plus fort que je ne voulais.

— Il ne parlera pas ?

— Fichtre non ! Il compte trop sur moi pour l'avenir. »

Ils suivaient tous deux la rue de Rivoli.

L'auto de Bressacq stationnait.

« Pas de phrases entre nous, dit-il à brûle-pourpoint. Nous sommes d'accord ?

— Sur quoi ?

— Sur l'intérêt que nous avons à être d'accord, dit gaiement Bressacq.

— Entendu.

— Votre adresse?

— Instable, depuis le Cambridge.

— Aujourd'hui?

— Nous y allons. Vous prenez votre bagage et je vous offre l'hospitalité.

— C'est donc urgent?

— Urgent. Une grosse affaire en train. Dix millions.

— La princesse?

— Elle vous attend.»

Ils montèrent.

À l'hôtel des Deux-Mondes, Victor reprit les valises qu'il avait déposées, prévoyant le sens des événements.

Ils sortirent de Paris et gagnèrent Neuilly.

Au bout de l'avenue du Roule, à l'angle d'une rue, il y avait, entre cour et jardin, une maison particulière à deux étages.

«Simple pied-à-terre, dit Bressacq en arrêtant. J'en ai comme cela une dizaine à Paris. Juste de quoi se loger, et un personnel restreint. Vous coucherez dans mon studio, près de ma chambre, au second étage. La princesse occupe le premier.»

Le studio, dont la fenêtre ouvrait sur la rue, était confortable, meublé d'excellents fauteuils, d'un divan-lit et d'une bibliothèque choisie.

«Quelques philosophes... Des livres de Mémoires... Et toutes les aventures d'Arsène Lupin... pour vous endormir.

— Je les connais par cœur.

— Moi aussi, dit Bressacq en riant. À propos, vous voudriez peut-être bien la clef de la maison?

— Pour quoi faire?

— Si vous avez à sortir...»

Leurs yeux se rencontrèrent une seconde.

«Je ne sortirai pas, dit Victor. Entre deux expéditions, j'aime bien me recueillir. Surtout si je ne sais de quoi il s'agit...

— Ce soir, voulez-vous?... après le dîner, lequel est servi dans le boudoir de la princesse pour plus de commodité, et aussi par prudence. Le rez-de-chaussée de mes logements est toujours un peu truqué et réservé aux descentes de police et aux batailles éventuelles. »

Victor défit ses valises, fuma des cigarettes, et s'habilla, après avoir, à l'aide d'un petit fer électrique, repassé soigneusement le pantalon de son smoking. À huit heures, Antoine Bressacq vint le chercher.

La princesse Basileïef l'accueillit avec beaucoup de bonne grâce, le remercia avec effusion de ce qu'il avait fait pour elle et ses amis, au Cambridge, mais aussitôt sembla se retirer en elle-même. À peine prit-elle part à la conversation. Elle écoutait, distraitement d'ailleurs.

Victor, qui parla peu, raconta deux ou trois expéditions dont il avait été le héros, et où, comme de juste, son mérite n'avait pas été médiocre. Quant à Antoine Bressacq, il montra beaucoup de verve. Il avait de l'esprit, de la gaieté, et une manière de se faire valoir où il y avait autant d'ironie que de vanité amusante.

Le dîner fini, Alexandra servit le café et les liqueurs, offrit des cigares et s'étendit sur un divan d'où elle ne bougea plus.

Victor s'installa dans un vaste fauteuil capitonné.

Il était content. Tout se déroulait selon ses prévisions, dans l'ordre même des événements qu'il avait préparés. D'abord complice d'Alexandra, s'infiltrant peu à peu dans la bande, affirmant ses qualités, donnant des preuves d'adresse et de dévouement, voilà qu'il allait devenir le confident et le complice d'Arsène Lupin. Il était dans la place. On avait besoin de lui. On sollicitait sa collaboration. Fatalement, l'entreprise s'achèverait conformément à sa volonté.

« Je le tiens... je le tiens... murmurait-il en lui-même. Seulement, il n'y a pas une faute à commettre... Un sourire de trop... une intonation maladroite... une réflexion par à-côté, et, avec un gaillard comme celui-là, tout est perdu.

— Nous y sommes ? s'écria Bressacq allégrement.

— J'y suis.

— Ah ! une question, au préalable. Est-ce que vous devinez, à peu près, où je veux vous mener ?

— À peu près.

— C'est-à-dire ?

— C'est-à-dire que nous tournons le dos résolument au passé. Les Bons de la Défense nationale, le crime de *La Bicoque*, tout cela, et tous les rabâchages des journaux, fantaisies de la justice et du public, c'est fini. N'en parlons plus.

— Un instant. Et le crime de la rue de Vaugirard ?

— Fini également...

— Ce n'est pas l'avis de la justice.

— C'est le mien. J'ai mon idée là-dessus. Plus tard je vous la dirai. Pour le moment, un seul souci, un seul but.

— Lequel ?

— L'affaire des dix millions, à laquelle vous faisiez allusion dans la lettre écrite par vous à la princesse Basileïef. »

Antoine Bressacq s'écria :

« À la bonne heure ! rien ne vous échappe à vous, et vous êtes dans le train ! »

Et s'asseyant à califourchon sur une chaise, face à Victor, il s'expliqua.

CHAPITRE X

LE DOSSIER A. L. B.

1

« Je vous dirai, dès l'abord, que cette affaire des dix millions sur laquelle les journaux ont épilogué sans imaginer même un semblant d'hypothèse plausible, me fut apportée par Beamish. Oui, par Beamish. Il avait épousé, après la guerre, une jeune dactylographe d'Athènes, au service d'un Grec fort riche. Cette dactylographe, tuée depuis dans un accident de chemin de fer, lui confia quelques détails sur son ancien patron, qui éveillèrent fortement l'attention de Beamish.

« Les voici. Le Grec, redoutant l'effondrement de la monnaie de son pays, avait réalisé toute sa fortune ; d'une part, valeurs en portefeuille et immeubles situés à Athènes ; d'autre part, propriétés et domaines immenses situés en Épire, et surtout en Albanie. Deux dossiers furent établis, l'un qui concernait la première moitié des richesses, laquelle avait été déposée en titres dans une banque anglaise (ce dossier fut appelé le dossier de Londres), l'autre qui concernait la vente de toutes les propriétés et domaines et qui fut appelé le dossier A. L. B., c'est-à-dire sans aucun doute, ALBanie. Or, bien que les deux dossiers, d'après les comptes relevés par la dactylographe, eussent chacun une même valeur approximative de dix millions, il se trouvait que le dossier de Londres était volumineux, et que le dossier A. L. B. consistait en un tout petit paquet enveloppé, ficelé et cacheté, qui mesurait vingt à vingt-cinq centimètres de longueur, et que le Grec enfermait toujours dans son tiroir ou dans son sac de voyage.

« Sous quelle forme le dossier A. L. B. contenait-il les dix millions des sommes recouvrées en Épire ? Mystère. Que devint le patron de la dactylographe après qu'elle l'eut quitté pour se marier, autre mystère, que Beamish n'avait pas encore éclairci quand je le rencontrai, il y a trois ans.

« Mon organisation internationale me permit de faire à ce propos des recherches plus actives, qui furent longues, mais efficaces. Je retrouvai la banque de Londres où il avait la moitié de sa fortune, et je pus établir que cette banque payait les coupons des titres déposés à un monsieur X..., de Paris. J'eus beaucoup de mal à découvrir que ce monsieur X... était un Allemand, puis à découvrir l'adresse de cet Allemand, et à découvrir enfin que l'Allemand et le Grec ne faisaient qu'un. »

Antoine Bressacq s'interrompit. Victor écoutait, sans poser une seule question. Alexandra, les yeux fermés, semblait dormir. Bressacq reprit :

« Mon enquête se resserra, conduite par une agence dont je suis très sûr. J'appris que le Grec, malade, presque impotent, ne quittait jamais l'hôtel particulier où il logeait et qu'il couchait au rez-de-chaussée, gardé par deux anciens détectives à sa solde, et que le personnel, composé de trois femmes, couchait au sous-sol.

« Indications précieuses. J'en recueillis une autre, plus importante, en me procurant la copie des mémoires afférents à son installation. L'un d'eux réglait des travaux de sonneries électriques, dites de sécurité, et je pus me rendre compte que tous les volets des fenêtres de l'hôtel, tous sans exception, étaient munis d'un système invisible qui actionnait, à la moindre pression, une série de timbres. J'étais fixé. De telles précautions ne s'accumulent que si l'on a quelque chose à redouter, ou plutôt à cacher. Quoi ? sinon le dossier A. L. B. ?

— Sans aucun doute, déclara Victor.

— Seulement, où se trouve le dossier ? Au rez-de-

143

chaussée? je ne le pense pas, puisque c'est là que, parmi d'autres personnes, s'écoule l'existence quotidienne de notre homme. Quant au premier étage, il est vide et fermé. Mais, j'appris, par une vieille femme de ménage renvoyée, que, tous les jours, il se fait monter au deuxième et dernier étage, dans une vaste pièce aménagée en cabinet de travail, où il passe son après-midi tout seul. Il y a réuni ses papiers, ses livres, les souvenirs qui lui restent des deux êtres qu'il aimait le plus, sa fille et sa petite-fille, mortes toutes deux... ouvrages de tapisserie, portraits, jouets d'enfant, bibelots, etc. Avec les révélations de cette femme de ménage, j'ai dressé patiemment le plan de la pièce (Bressacq le déroula) : ici le bureau, ici le téléphone, ici la bibliothèque, ici l'étagère aux souvenirs, ici la cheminée surmontée d'une glace sans tain, mobile. Et c'est le jour où j'ai su qu'il y avait, à tel endroit, une glace sans tain que mon projet prit sa forme. Je m'explique. »

À l'aide d'un crayon, il dessina des lignes sur un bout de papier.

« L'hôtel est un peu en retrait, sur une large avenue dont il est séparé par une étroite cour ou plutôt une bande de jardin en bordure, et par une haute grille. À gauche et à droite, des murs limitent cette cour. À droite un terrain vague, encombré d'arbustes, est à vendre. Je réussis à y pénétrer. Je n'eus qu'à lever les yeux pour voir que la glace sans tain n'avait pas de volets. Je commençai aussitôt mes préparatifs. Ils sont à peu près terminés.

— Et alors ?

— Et alors je compte sur vous.

— Pourquoi sur moi ?

— Parce que Beamish est en prison et que je vous ai jugé à l'œuvre.

— Les conditions ?

— Le quart des bénéfices.

— La moitié si c'est moi qui trouve le dossier A. L. B., exigea Victor.

— Non, le tiers.

— Soit. »

Les deux hommes se serrèrent la main.

Bressacq éclata de rire.

« Deux négociants, deux financiers qui concluent une affaire importante échangent des signatures, et souvent par-devant notaire, tandis que deux honnêtes gens comme nous se contentent d'une poignée de main loyale. Après quoi, je sais pertinemment que votre concours m'est assuré, et vous savez que je m'en tiendrai strictement aux termes de notre engagement. »

Victor n'était pas un expansif. Il n'éclata pas de rire, lui. Tout au plus sourit-il un peu, et, comme l'autre lui en demandait la raison, il répondit.

« Vos deux négociants ou vos deux financiers ne signent que quand ils sont bien au courant de l'affaire.

— Eh bien ?

— Eh bien, j'ignore le nom de notre adversaire, le lieu où il habite, les moyens que vous devez employer, et le jour que vous avez choisi.

— Ce qui signifie ?

— Qu'il y a là, chez vous, comme de la défiance, qui m'étonne… »

Bressacq hésita.

« Est-ce une condition que vous posez ?

— Nullement, dit-il. Je n'ai aucune condition à poser.

— Eh bien, moi, dit Alexandra, qui sortit soudain de sa rêverie, et s'approcha des deux hommes, moi j'en pose une.

— Laquelle ?

— Je ne veux pas qu'il y ait de sang versé. »

C'est à Victor qu'elle s'adressait, et avec une expression ardente et une voix impérieuse.

«Vous avez dit tout à l'heure que toutes ces histoires de *La Bicoque* et de la rue de Vaugirard étaient réglées. Non, elles ne le sont pas, puisque je peux apparaître comme une criminelle, et rien ne vous empêchera, dès lors, dans l'expédition que vous préparez, d'accomplir le même geste que vous m'attribuez, à moi ou à Antoine Bressacq.»

Victor déclara paisiblement:

«Je ne vous attribue rien, ni à Antoine Bressacq, ni à vous, madame.

— Si.

— Quoi donc?

— Nous avons tué Élise Masson, ou, du moins, un de nos complices l'a tuée et nous sommes responsables de sa mort.

— Non.

— Cependant, c'est la conviction de la justice, et c'est l'opinion courante.

— Ce n'est plus la mienne.

— Alors qui? Pensez donc! On a vu une femme qui sortait de chez Élise Masson, et qui devait être moi, et qui était moi, en effet. En ce cas, comment ne serait-ce pas moi qui ai tué? Aucun autre nom n'a été prononcé que le mien.

— Parce que la seule personne qui aurait pu prononcer un autre nom que le vôtre n'a pas encore eu le courage de le faire.

— Quelle autre personne?»

Victor sentit qu'il devait répondre nettement. La restriction qu'il avait opposée à Antoine Bressacq en demandant des indications immédiates l'obligeait à reprendre barre sur ses complices et à donner une fois encore la mesure de ses moyens.

« Quelle autre personne ? répéta-t-il. L'inspecteur Victor, de la Brigade mondaine.

— Que voulez-vous dire ?

— Ce que je veux dire peut vous paraître une simple hypothèse, mais n'est sûrement que la stricte vérité, une vérité que j'ai déduite peu à peu des faits et d'une lecture attentive des journaux. Vous savez ce que je pense de l'inspecteur Victor. Sans être un phénomène, c'est un policier de grande classe, mais, tout de même, un policier, sujet, comme tous ses collègues, et comme tout le monde d'ailleurs, à des faiblesses et à des négligences. Or, le matin de l'assassinat, lorsqu'il se rendit avec le baron d'Autrey chez Élise Masson pour un premier interrogatoire, il commit une faute que nul n'a remarquée, mais qui, sans aucun doute, donne la clef de l'énigme. Une fois redescendu, et dès qu'il eut réintégré dans son auto le baron, il pria un gardien de la paix de surveiller celui-ci, et il alla, dans un café du rez-de-chaussée, téléphoner à la Préfecture pour qu'on lui envoyât aussitôt deux agents. Il voulait que la porte fût surveillée et qu'Élise Masson ne pût sortir avant qu'une perquisition minutieuse n'eût été faite chez elle.

— Continuez, je vous en prie, murmura la princesse, tout émue.

— Eh bien, la communication téléphonique fut difficile à obtenir, longue, et, pendant les quinze minutes qu'elle dura, il était naturel que le baron d'Autrey eût l'idée — non pas de s'enfuir... à quoi bon ? — mais de remonter chez sa maîtresse. Qui l'en empêchait ? L'inspecteur Victor était occupé. Le gardien de la paix veillait à la circulation, et, d'ailleurs, l'apercevait à peine sous la capote du cabriolet.

— Mais pourquoi aurait-il voulu la revoir ? dit Antoine Bressacq, très attentif, lui aussi.

— Pourquoi ? Rappelez-vous la scène dans la chambre d'Élise Masson, telle que l'a racontée l'inspecteur Victor. Lorsqu'elle sut que Maxime d'Autrey était accusé, non pas seulement d'un vol, mais d'un crime, elle parut exaspérée d'un tel soupçon. Or, ce que l'inspecteur Victor prit, en effet, pour de l'indignation ne fut sans aucun doute que de l'épouvante. Que son amant ait volé les Bons, elle le savait, mais elle n'avait pas imaginé un instant qu'il pût avoir tué le père Lescot. Elle eut horreur de cet homme, et elle eut peur de la justice. D'Autrey ne s'y trompa pas, lui. Il fut persuadé que cette femme le dénoncerait. Et c'est pour cela qu'il voulut la revoir et lui parler. Il avait une clef personnelle de l'appartement. Il interroge sa maîtresse. Elle répond par des menaces. D'Autrey s'affole. Se laissera-t-il faire ? Si près du but, maître des Bons de la Défense, ayant déjà tué pour les avoir, va-t-il échouer au dernier moment ? Il tue. Il tue cette femme qu'il adore, mais dont la trahison immédiate est si évidente que, durant quelques secondes, il la hait. Une minute plus tard, il est en bas, sous la capote de l'auto. Le gardien de la paix ne s'est avisé de rien. L'inspecteur Victor n'a aucun soupçon.

— De sorte que moi ?… chuchota la princesse.

— De sorte que vous, en arrivant une heure ou deux après, pour vous entretenir simplement de l'affaire avec Élise Masson, vous trouvez sur la porte la clef oubliée par l'assassin. Vous entrez. En face de vous, Élise Masson, étendue, étranglée à l'aide de ce foulard jaune et vert que vous lui avez donné… »

Alexandra était bouleversée.

« C'est cela… c'est cela, dit-elle. Toute la vérité est là… Le foulard était sur le tapis, près du corps… Je l'ai ramassé… J'étais folle de terreur. C'est cela… c'est cela. »

Antoine Bressacq approuva.

« Oui… aucune erreur possible… les choses ont eu lieu ainsi… c'est d'Autrey le coupable… et le policier ne s'est pas vanté de son imprudence. »

Il frappa Victor sur l'épaule.

«Décidément, vous êtes un rude type. Pour la première fois je rencontre un collaborateur sur qui je peux m'appuyer… Marcos Avisto, nous ferons de la bonne besogne ensemble. »

Et, tout de suite, il lâcha les confidences nécessaires.

«Le Grec s'appelle Sériphos. Il habite non loin d'ici, le long du Bois de Boulogne, au 98 *bis* du boulevard Maillot. L'expédition aura lieu mardi prochain, soir du jour où me sera livrée une échelle spéciale pouvant s'allonger à douze mètres. Nous monterons par là. Une fois dans la place, nous redescendrons ouvrir la porte du vestibule d'entrée à trois hommes de ma bande qui seront de faction dehors.

— La clef est sur la porte d'entrée, à l'intérieur ?

— Oui, paraît-il.

— Mais il doit y avoir aussi, à cet endroit, un dispositif de sonnerie électrique qui fonctionnera dès qu'on essaiera d'ouvrir ?

— Oui. Mais tout est combiné pour une attaque de dehors, pas pour une attaque venant du dedans, comme la nôtre, et le dispositif est visible. Il me suffira donc de l'empêcher de jouer. Après quoi, mes hommes se chargent de ligoter les deux gardiens surpris au lit. Et nous aurons, dès lors, tout notre temps, d'abord pour jeter un coup d'œil dans les pièces du rez-de-chaussée, ensuite, et surtout, pour fouiller à fond le cabinet de travail du second étage où doit être le magot. Ça va ?

— Ça va. »

Il y eut une nouvelle poignée de main entre les deux hommes, plus chaleureuse encore.

Les quelques jours qui précédèrent l'expédition furent une période délicieuse pour Victor. Il savourait son triomphe prochain, ce qui ne l'empêchait pas d'être infiniment prudent. Pas une fois il ne sortit. Il n'envoya aucune lettre. Il ne donna pas un coup de téléphone. C'étaient là évidemment des garanties qui devaient inspirer à Bressacq la plus grande confiance. Victor, un instant peut-être un peu trop grandi par son initiative et par sa clairvoyance, reprenait de lui-même sa place véritable. Associé, oui, mais subalterne. Les préparatifs, les décisions regardaient Antoine Bressacq. Pour lui, il n'avait qu'à se laisser conduire.

Mais quelle profonde joie il goûtait à observer son redoutable adversaire, à étudier ses façons, à voir de près cet homme dont on parlait tant sans le connaître ! Et quelle satisfaction, après avoir si bien manœuvré pour s'introduire dans sa vie intime, de constater que Bressacq n'avait pas une ombre de méfiance, et qu'il lui faisait part de tous ses desseins.

Quelquefois, Victor s'inquiétait.

«N'est-ce pas lui qui me joue ? Le piège que je prépare, n'est-ce pas moi qui y tomberai ? Dois-je admettre qu'un homme de sa taille se laisse ainsi duper ? »

Mais non. Bressacq s'abandonnait en toute sécurité, et Victor en avait vingt preuves par jour, dont la plus grande peut-être était la conduite d'Alexandra avec qui il passait la meilleure partie de ses après-midi.

Elle était maintenant détendue, souvent gaie, toujours cordiale, et comme reconnaissante de lui avoir révélé le nom du coupable.

«Je savais bien que ce n'était pas moi, n'est-ce pas, mais c'est une délivrance de penser que, si jamais je suis découverte, je pourrai tout au moins répondre que je n'ai pas tué.

— Pourquoi seriez-vous découverte ?

— Sait-on jamais ?

— Mais si, on sait. Vous avez en Bressacq un ami qui ne permettra jamais qu'on touche à vous. »

Elle gardait le silence. Ses sentiments pour celui qui devait être son amant restaient secrets. Victor en arrivait même à se demander, en la voyant parfois indifférente et distraite, s'il était en réalité son amant, et si elle ne le considérait pas surtout comme un camarade de danger, plus capable que tout autre de lui procurer ces émotions intenses qu'elle recherchait. N'était-ce pas le prestige de ce nom de Lupin qui l'avait attirée vers lui et qui la retenait ?

Mais, le dernier soir, Victor les surprit l'un contre l'autre et les lèvres jointes...

Il eut du mal à contenir son irritation. Sans la moindre gêne, Alexandra se mit à rire.

« Savez-vous pourquoi je déploie toutes mes grâces en l'honneur de ce monsieur ? Pour obtenir de lui que je vous accompagne demain soir. Comme si ce n'était pas naturel ! Eh bien, non, il s'y refuse... Une femme n'est qu'une entrave... Tout peut manquer à cause de sa présence... Il y a des dangers qu'on ne doit pas affronter... Enfin un tas de raisons qui n'en sont pas. »

Ses belles épaules s'épanouissaient hors de la légère tunique qui la révélait tout entière. Son visage passionné implorait Victor.

« Persuadez-le, cher ami. Je veux aller là-bas... justement parce que j'aime le danger... Ce n'est même pas le danger que j'aime, c'est la peur... Oui, la peur... rien ne vaut cette sorte de vertige qui vous tourne la tête... J'ai le mépris des hommes qui ont peur, c'est de la lâcheté... mais ma peur à moi, ma peur me grise plus que tout au monde. »

Victor plaisanta et dit à Antoine Bressacq :

« Je crois que le meilleur moyen de guérir cet amour de la peur, c'est de montrer que, quelles que soient les circonstances, il n'en est pas d'assez terribles pour inspirer la peur. Entre vous et moi, c'est un sentiment qu'elle n'éprouvera plus.

— Bah ! dit gaiement Bressacq, qu'il soit fait comme elle le désire !... Tant pis pour elle. »

Le lendemain, un peu après minuit, Victor attendait au rez-de-chaussée.

Alexandra le rejoignit, joyeuse, habillée d'une robe grise, très ajustée. Elle semblait toute jeune, évoquant, plutôt qu'une femme qui se risque vers une aventure périlleuse, une enfant qui se rend à une partie de plaisir. À sa pâleur, cependant, à l'éclat de ses prunelles, on sentait sous cette allégresse frémir une sensibilité toute prête à s'effarer.

Elle lui montra un minuscule flacon.

« L'antidote… dit-elle en souriant.

— Contre quoi ?

— Contre la prison. La mort, je l'admets, mais la cellule, à aucun prix. »

Il lui arracha son flacon, et, l'ayant débouché, en répandit à terre le contenu.

« Ni mort ni cellule, dit-il.

— Sur quoi s'appuie cette prédiction ?

— Sur ce fait. Il n'y a ni mort ni prison à craindre quand Lupin est là. »

Elle haussa les épaules.

« Lui-même peut être vaincu.

— Il faut avoir en lui une confiance absolue.

— Oui… oui… murmura-t-elle, mais depuis quelques jours j'ai des pressentiments… de mauvais rêves… »

Un bruit de clefs dans la serrure… La porte de la rue s'ouvrit du dehors. Antoine Bressacq, qui venait d'effectuer les derniers préparatifs, rentrait.

« Ça y est, dit-il. Alexandra, vous persistez ? Vous savez, l'échelle est haute. Ça remue quand on est dessus. »

Elle ne répondit pas.

« Et vous, cher ami ? Vous êtes sûr de vous ? »

Victor ne répondit pas non plus.

Ils s'en allèrent tous trois, par les avenues à peu

près désertes de Neuilly. Ils ne se parlaient point. Alexandra marchait entre eux, l'allure souple, le pas bien rythmé.

Un ciel d'étoiles, sans nuage, planait au-dessus des maisons et des arbres baignés de lumière électrique.

Ils tournèrent à la rue Charles-Laffitte, qui est parallèle au boulevard Maillot. De la rue au boulevard, s'étendaient les cours et les jardins où les hôtels particuliers élevaient leur masse trouée de quelques lumières.

Une palissade de vieilles planches clôturait une de ces propriétés, avec une double barrière mal jointe, au travers de laquelle on apercevait les arbustes et les arbres du terrain vague.

Ils déambulèrent une demi-heure pour être sûrs qu'aucun passant attardé ne les gênerait. Puis, vivement, tandis que Victor et Alexandra faisaient le guet, Antoine Bressacq ouvrit le cadenas avec une fausse clef et entrebâilla l'un des battants.

Ils se glissèrent à l'intérieur.

Des branches les entouraient. Des ronces les égratignaient. Le sol était jonché de grosses pierres de démolition.

« L'échelle est le long du mur, à gauche », souffla Bressacq.

Ils y arrivèrent.

Elle était en deux tronçons qui s'ajoutaient l'un à l'autre par glissières, et ils firent ainsi une échelle interminable, légère, et consolidée par des cordes.

Puis ils la dressèrent, en enfonçant les deux pieds dans un tas de sable et de gravats. Et, quand elle fut toute droite, plantée dans le sol obscur, ils la penchèrent par-dessus le mur qui séparait le terrain de la cour voisine, et, doucement, avec de grandes précautions, appuyèrent l'autre extrémité au deuxième étage de l'hôtel habité par le Grec Sériphos.

Sur cette face latérale de l'hôtel, aucune des fenêtres ne devait être illuminée sous leurs volets hermétiquement clos. À tâtons, Bressacq manœuvra l'échelle de manière que le faîte atteignît la glace sans tain dont on discernait confusément le petit rectangle.

« Je monte le premier, dit-il. Alexandra, dès que j'aurai disparu, vous monterez à votre tour. »

On vit son escalade rapide.

L'échelle tremblait, au point qu'on le devinait qui bondissait sur cette armature frêle.

« Le voilà tout au bout, chuchota Victor. Il va couper un morceau de la glace et ouvrir le châssis. »

De fait, une minute plus tard, il entrait, et ils l'aperçurent qui se penchait vers eux et maintenait l'échelle de ses deux bras tendus.

« Vous avez peur ? demanda Victor.

— Ça commence, dit-elle… C'est délicieux. Pourvu que mes jambes ne faiblissent pas et que je n'aie pas le vertige ! »

Elle monta, vivement au début, puis tout à coup s'arrêta.

« Les jambes fléchissent, et le vertige lui tourne la tête », pensa Victor.

La halte dura plus d'une minute. Bressacq l'encourageait à voix basse. Enfin elle acheva son ascension et enjamba le rebord.

Bien des fois, pendant ces derniers jours, au domicile de Bressacq, Victor s'était dit :

« Ils sont tous deux à ma disposition. J'ai le numéro de téléphone particulier du directeur Gautier. Un simple appel, et on vient les cueillir à domicile. Mauléon ne paraît même pas. Tout le succès de l'arrestation est pour l'inspecteur Victor, de la Brigade mondaine. »

S'il avait écarté cette solution, c'est qu'il voulait ne livrer Lupin qu'en pleine action. Le sieur Lupin devait être pris la main dans le sac et coffré comme doit l'être un vulgaire cambrioleur.

Or, n'était-ce pas le moment ? Les deux complices n'étaient-ils pas enfermés dans la souricière ?

Pourtant, il ne se décida pas encore. Bressacq

l'appelait d'en haut. Il lui fit signe de patienter, et il murmurait :

« Comme tu es pressé, mon vieux ! Tu ne redoutes donc pas la cellule, comme ta bonne amie ? Allons, jouis de ton reste... opère... empoche les dix millions. C'est ton dernier exploit. Après ça, Lupin, les menottes... »

Il monta.

CHAPITRE XI

L'ANGOISSE

1

« Eh bien, cher ami, qu'est-ce qui vous retenait ? demanda Bressacq, lorsque Victor aborda la fenêtre.

— Rien. J'écoutais...

— Quoi ?

— J'écoute toujours... Il faut toujours avoir l'oreille aux aguets.

— Bah ! n'exagérons rien », dit Bressacq d'un ton qui trahissait quelque dédain pour un tel luxe de précautions.

De son côté, pourtant, il mit beaucoup de prudence à lancer tout autour de la pièce un jet de sa lampe électrique. Avisant un bout de tapisserie ancienne, il sauta sur une chaise, le décrocha, et le fixa sur la glace sans tain. Toutes les ouvertures étant ainsi closes, il tourna un commutateur et la clarté jaillit.

Alors il embrassa Alexandra et se mit à faire, agilement et sourdement, un petit tour de danse avec entrechats, ébauches de cancan et de gigue.

La jeune femme eut un sourire plein d'indulgence. Cette manifestation habituelle de Lupin, aux moments où il entrait en action, l'amusait.

Par contre, Victor se renfrogna et s'assit.

« Fichtre ! dit Antoine avec bonne humeur, on s'assoit ? Et le travail ?

— Je travaille.

— Drôle de façon...

— Rappelez-vous l'une de vos aventures... je ne sais plus laquelle... Vous opériez la nuit, dans la bibliothèque d'un marquis, et vous avez simplement contemplé le bureau pour découvrir le tiroir secret[1]... Moi, je contemple la pièce, tandis que vous dansez... Je me mets à votre école, Lupin ! Il n'y en a pas de meilleure.

— Mon école, c'est de faire vite. Nous avons une heure.

— Vous êtes sûr que les deux gardiens, anciens détectives, ne font pas de ronde ? demanda Victor.

— Mais non, mais non, affirma Bressacq. Si le Grec organisait des rondes jusqu'à cette pièce, il leur révélerait par là même qu'il y dissimule quelque chose. D'ailleurs, je vais ouvrir à mes hommes et couper court ainsi à toute tentative de la part des gardiens. »

Il fit asseoir la jeune femme et se pencha sur elle.

« Vous ne craignez pas de rester seule, Alexandra ?

— Non.

— Oh ! dix minutes, quinze au plus. Tout cela doit être rapidement expédié, et sans complication. Voulez-vous que notre ami demeure auprès de vous ?

— Non, non, dit-elle... Allez... Je me repose... »

Il examina le plan détaillé de l'hôtel, puis ouvrit doucement la porte. Un couloir, qui formait antichambre, les conduisit à une seconde porte, massive, que le Grec Sériphos devait fermer quand il travaillait dans son bureau, et dont la clef se trouvait sur la serrure. Ils parvinrent ainsi en haut de l'escalier. La cage en était vaguement éclairée par une lueur qui montait d'en bas.

---

1. *La Femme aux deux sourires*, Le Livre de Poche n° 3226.

156

Ils descendirent, avec des précautions infinies.

Dans le vestibule, près de l'ampoule allumée, Bressacq fit voir à Victor, sur le plan, la pièce où couchaient les deux gardiens. Il fallait passer par cette pièce pour arriver à la chambre du Grec Sériphos.

Ils atteignirent la porte d'entrée.

Deux énormes verrous... Bressacq les tira. À droite, une manette qui réglait le dispositif d'alarme. Il la rabattit. Près de cette manette, un bouton, sur lequel il appuya, ce qui ouvrit la grille du petit jardin bordant le boulevard Maillot.

Cela fait, il poussa la porte, glissa la tête dehors et donna un très léger coup de sifflet.

Les trois complices, silhouettes sombres, figures de brutes, les rejoignirent.

Bressacq ne leur dit pas un mot, tout étant combiné d'avance entre eux. Il referma la porte et releva la manette, puis il ordonna tout bas à Victor :

« Je les accompagne dans la chambre des gardiens. En principe, pas besoin de vous. Faites le guet. »

Il disparut avec ses complices.

Aussitôt seul, et certain qu'il avait toute latitude d'agir à sa guise, Victor rabattit la manette, entrebâilla la porte, la laissant tout contre, et fit jouer le bouton qui actionnait la grille du boulevard Maillot. Ainsi, l'entrée de l'hôtel était libre. C'est ce qu'il voulait.

Puis il écouta du côté des chambres. L'assaut se produisit, comme l'avait dit Bressacq, sans complications. Les deux gardiens, surpris au lit, furent bâillonnés et liés solidement, avant d'avoir même exhalé une plainte.

Il en fut ainsi du Grec Sériphos, près de lui Bressacq demeura quelques instants.

« Rien à tirer de ce bonhomme-là, dit Bressacq en retrouvant Victor, il est à moitié mort de frayeur. Mais c'est surtout quand je lui ai parlé de son bureau du deuxième étage qu'il a tourné de l'œil. Pas d'erreur là-dessus. Remontons.

— Vos hommes aussi ?

— Jamais de la vie. Les fouilles doivent se faire entre nous. »

Il leur enjoignit de ne pas sortir de la chambre, de veiller aux trois captifs, et surtout d'éviter le moindre bruit, car les femmes qui composaient le personnel couchaient au sous-sol.

Puis ils retournèrent près d'Alexandra. Au haut de l'escalier, Bressacq referma à clef la lourde porte du couloir, afin que ses complices ne pussent le déranger. En cas d'alerte, il leur suffirait de frapper.

Alexandra n'avait pas bougé de son fauteuil. Son pâle visage était crispé.

« Toujours calme ? lui dit Victor. Aucune peur ?

— Si, si, fit-elle d'une voix altérée, cela s'insinue en moi, par tous les pores. »

Victor plaisanta.

« C'est la période heureuse ! Pourvu que cela dure !

— Mais c'est absurde, cette peur, s'écria Bressacq. Voyons, Alexandra, nous sommes chez nous, ici. Les gardiens sont ficelés, et mes hommes sont à leur poste. Si, par impossible, il y avait alerte de ce côté, l'échelle est là, et la fuite est assurée par cette issue. Mais, soyez tranquille, il n'y aura ni alerte ni fuite. Avec moi rien n'est laissé au hasard. »

Tout de suite, il commença l'inventaire de la pièce.

« Le problème, dit Victor, c'est de trouver un petit paquet assez plat, long de vingt à vingt-cinq centimètres, qui puisse contenir une somme de dix millions, sous une forme que nous ignorons... »

Bressacq énumérait, à demi-voix, vérifiant au fur et à mesure les indications portées sur son plan.

« Sur le bureau, l'appareil téléphonique... quelques livres... des dossiers de factures payées ou à payer... correspondance avec la Grèce... correspondance avec Londres... registres de comptes... Rien... Dans les tiroirs, autres dossiers, autres correspondances. Pas de tiroir secret ?

— Non, affirma Victor.

— Non », déclara Bressacq, après avoir contrôlé cette assertion et palpé le meuble et l'intérieur des tiroirs.

Et il continua :

« L'étagère des souvenirs conservés par le Grec... Portrait de sa fille... Portrait de sa petite-fille (il les palpa tous deux également). Corbeille à ouvrage... Coffret à bijoux (vide et sans double fond, dit-il), album de cartes postales, avec paysages de la Grèce et de la Turquie... Album d'enfant, avec des timbres... Livres de géographie pour enfant... dictionnaires... (il feuilletait tout en parlant) livre d'images... missel... boîte à jeux... boîte pour jetons... petite armoire à glace pour poupée... »

Toute la pièce fut ainsi cataloguée. Tous les objets furent soupesés et scrutés. Tous les murs interrogés, les meubles soumis à un examen minutieux.

« Deux heures du matin, constata Victor qui, sans bouger, avait écouté distraitement et suivi des yeux l'inventaire de Bressacq. Dans une heure, le jour se lève... Nom d'un chien faudrait-il songer à la retraite ? »

2

« Vous êtes fou ! » répliqua Antoine Bressacq.

Il ne doutait pas de la réussite, lui. Il se pencha sur la jeune femme.

« Toujours tranquille ?

— Non, non, murmura-t-elle.

— Qu'est-ce qui vous tourmente ?

— Rien... rien et tout... Allons-nous-en. »

Il eut un geste de colère.

« Ah, ça non... je vous l'avais bien dit... les femmes doivent rester chez elles... surtout une femme comme vous, impressionnable et nerveuse. »

Elle reprit :

« Si je souffre trop, nous partirons, n'est-ce pas ?

« — Ah, ça, je vous le jure. Dès que vous l'exigerez, nous partirons. Mais pas de caprice, je vous en supplie. Ce serait vraiment trop bête d'être venu ici pour rafler dix millions, de savoir qu'ils y sont, et de s'esquiver les mains vides. C'est contraire à mes habitudes. »

Victor ricana, tandis que Bressacq se remettait à l'ouvrage :

« Notre besogne est un spectacle pénible pour une femme... Ce vol n'est sûrement pas dans ses idées.

— Pourquoi est-elle venue ?

— Pour voir comment nous agirions dans le tumulte d'un cambriolage, au milieu des policiers, et pour voir comment elle s'y comporterait elle-même. Or, notre cambriolage est tout ce qu'il y a de plus bourgeois et pot-au-feu... un inventaire de petits commerçants dans leur arrière-boutique. »

Il se leva brusquement.

« Écoutez. »

Ils écoutèrent.

« Je n'entends rien, dit Bressacq...

— En effet, en effet... avoua Victor... il m'avait semblé...

— Du côté du terrain vague ? ça m'étonnerait. J'ai remis la chaîne à la barrière.

— Non, du côté de la maison...

— Mais c'est impossible ! » riposta Bressacq.

Il y eut un long silence, que troublaient seules les investigations de Bressacq.

Un objet tomba, par sa faute.

La jeune femme se dressa, effrayée.

« Qu'y a-t-il ?

— Écoutons... écoutons... exigea Victor, qui s'était levé aussi... Écoutons...

— Mais enfin, quoi ? » fit Bressacq.

Ils écoutèrent. Bressacq affirma :

« Aucun bruit.

— Si, si, c'est dehors, cette fois, j'en suis persuadé.

— Ce que vous êtes embêtant, sacrebleu! prononça Bressacq qui commençait à s'irriter contre ce singulier collaborateur, toujours sur le qui-vive, et si placide à la fois. Vous feriez mieux de chercher comme moi. »

Victor ne bougeait pas, l'oreille tendue. Sur le boulevard une auto passa. Un chien aboya dans une cour voisine.

« Moi aussi, j'entends... dit Alexandra.

— Et puis, ajouta Victor, vous n'avez pas pensé à une chose, que j'ai remarquée en venant, c'est que la lune était sur le point de se lever, et que tout le mur de l'échelle va se trouver bientôt en pleine lumière.

— Je m'en f... » s'écria Bressacq.

Tout de même, pour se rendre compte, il éteignit l'électricité, écarta la tapisserie, ouvrit la glace sans tain, et se pencha.

Presque aussitôt, Victor et Alexandra entendirent un juron étouffé. Que se passait-il? Qu'apercevait-il dehors, dans le terrain vague?

Il rentra, et au bout de quelques secondes, il dit simplement dans les ténèbres:

« L'échelle a été retirée. »

Victor jeta un cri rauque et s'élança vers la baie. Lui aussi, mâchonna un juron. Puis, refermant la vitre et replaçant la tapisserie, il dit à son tour:

« L'échelle a été retirée. »

C'était là un fait incompréhensible, et Victor, après avoir rallumé, en marqua toute la signification redoutable.

« Une échelle ne s'enlève pas toute seule... Qui l'a enlevée? Des types de la police? Dans ce cas, nous sommes repérés, car on a dû voir où elle aboutissait, c'est-à-dire au second étage... à cette ouverture...

— Alors?

— Alors, inévitablement, on va pénétrer dans l'hôtel et découvrir le pot aux roses. Il faut s'attendre à un assaut. La seconde porte est bien fermée, là, au bout du couloir?

— Mais oui! Mais oui!

— Ils la démoliront. Qu'est-ce que c'est que ça, une porte? Non, je vous le dis... c'est l'assaut! Nous allons être pris là, tous les trois, comme des lapins dans leur terrier!

— Vous en avez de bonnes, vous! protesta Bressacq. Si vous croyez que je me laisse pincer comme ça, moi!

— Mais puisque l'échelle est retirée...

— Et les fenêtres?

— Nous sommes au second étage, et les étages sont très hauts. Peut-être pourrez-vous filer par là, mais pas nous. D'ailleurs...

— D'ailleurs? grogna Bressacq.

— Vous savez bien que les volets extérieurs sont reliés par des fils à un système de signaux avertisseurs. Alors vous imaginez ça, dans la nuit, les timbres qui retentissent?...»

Bressacq le regarda, d'un œil mauvais. Pourquoi ce sacré bonhomme, au lieu d'agir, se contentait-il de dénombrer en les grossissant tous les obstacles?

Prostrée sur un fauteuil, Alexandra serrait les poings contre ses joues. Elle n'avait pas d'autre idée que de contenir la peur qui bouillonnait en elle. Et pour cela, elle ne remuait pas, elle ne disait pas un mot.

Antoine Bressacq avait ouvert l'une des fenêtres avec prudence. Aucun signal ne fut déclenché. C'étaient donc bien les volets qui commandaient les sonneries. Il les examina soigneusement, du haut en bas, et dans toutes leurs rainures.

«Ça y est! Tenez... Le mécanisme est niché je ne sais où, mais voici le fil de métal qui conduit dehors, vers un timbre qui doit être au rez-de-chaussée.»

Ce fil, il le coupa vivement avec une petite pince. Puis il manœuvra une forte barre de fer qui reliait les quatre battants des volets, et leva un loquet.

Il n'y avait plus qu'à pousser.

Il risqua le geste, très doucement.

Ce fut immédiat. Dans la pièce, au plafond, la sonnerie d'un timbre jaillit, comme précipitée par un ressort irrésistible.

3

Rapidement, Bressacq ramena les volets, ferma la fenêtre et croisa les rideaux pour empêcher le bruit de se répandre dehors. Mais, à l'intérieur, le crépitement de la sonnerie d'alarme vibrait, strident, hallucinant, et sur un rythme qui semblait s'exaspérer lui-même.

Victor énonça, d'une voix posée :

« Il y a deux fils, l'un extérieur, que vous avez coupé, l'autre intérieur. Comme ça, les habitants de l'hôtel sont sûrs d'être avertis.

— Idiot… », fit Bressacq entre ses dents.

Il avait déjà porté une table vers le coin de la pièce d'où la sonnerie provenait. Il équilibra une chaise sur cette table, et se hissa sur cet échafaudage.

Le long de la corniche, courait le second fil conducteur. Il le coupa. Le bruit irritant cessa.

Antoine descendit et remit la table en place.

Victor lui dit :

« Aucun danger, maintenant. Vous pouvez filer par cette fenêtre, puisque les sonneries n'existent plus. »

Bressacq marcha vers lui et le saisit par le bras.

« Je filerai quand ça me plaira. Et ça ne me plaira que quand j'aurai trouvé le paquet de dix millions.

— Impossible ! vous ne le trouverez pas.

— Et pourquoi ?

— Nous n'avons pas le temps.

— Qu'est-ce que vous chantez ! dit Bressacq en le secouant. Tout ce que vous dites est idiot. L'échelle a dû glisser et s'écarter. Ou bien elle a été emportée par de mauvais plaisants, ou par des types qui l'ont utilisée. Et il n'y a rien de réel dans toutes vos terreurs. Les gardiens sont attachés... mes hommes veillent. Nous n'avons qu'à poursuivre notre besogne.

— Elle est finie. »

Bressacq lui montra le poing. Il était hors de lui :

« Je vais vous f... par la fenêtre, mon vieux. Quant à vos bénéfices... zéro ! Pour ce que vous fichez ! »

Il s'interrompit. On avait sifflé dehors... Une modulation légère et brève qui montait du terrain vague.

« Vous avez entendu, cette fois ? dit Victor.

— Oui... c'est dans la rue... quelque passant attardé...

— Ou bien les types qui ont enlevé l'échelle et qui sont dans le terrain vague... On a été chercher la police. »

C'était intolérable. Un danger réel, précis, on y fait face. Mais le danger rôdait, sans que l'on sût d'où il venait et quelle en était la nature. Est-ce qu'il y avait même du danger ? se demandait Bressacq. La peur croissante d'Alexandra et l'étrange conduite de ce satané bonhomme le troublaient à la fois et le faisaient enrager.

Il s'écoula une quinzaine de minutes, durant lesquelles leur incompréhensible angoisse s'augmenta de tout le silence mystérieux et de cette atmosphère lourde et chargée de menaces qui les étouffait. Alexandra se cramponnait au dossier d'un fauteuil, ses yeux fixes attachés à la porte close par où pouvait venir l'ennemi. Bressacq reprenait sa besogne, puis l'abandonnait soudain, mal à l'aise, le cerveau tumultueux.

« L'affaire a été mal combinée », formula Victor.

La colère de Bressacq éclata, et il empoigna celui qu'il appelait le vieux. Victor riposta, tout en répétant d'un ton sarcastique :

« L'affaire a été mal combinée... Nous ne savons pas où nous allons... C'est grabuge et compagnie... Quelle salade !... »

164

Bressacq l'injuria. Ils se seraient peut-être battus si Alexandra n'avait couru vers eux pour les séparer.

«Allons-nous-en, ordonna-t-elle, dans un sursaut d'énergie.

— Après tout, oui, s'écria Bressacq, prêt à renoncer. La route est libre.»

Ils se dirigeaient tous deux vers la porte, lorsque Victor déclara, d'un ton agressif:

«Moi, je reste.

— Mais pas du tout! Vous partirez aussi.

— Je reste. Quand j'entreprends quelque chose, je vais jusqu'au bout. Rappelez-vous vos paroles, Bressacq: "Les dix millions sont ici. Nous le savons, et on s'en irait les mains vides? C'est contraire à mes habitudes." Aux miennes également. Je me cramponne.»

Bressacq revint sur lui:

«Vous en avez du culot, vous! et je me demande au fond quel est votre rôle exact dans tout cela.

— Le rôle d'un monsieur qui en a par-dessus la tête.

— Alors, votre intention?

— C'est de reprendre l'affaire sur de nouvelles bases. Je le répète, elle a été mal combinée. Mauvaise préparation, mauvaise exécution. Je recommence.

— Vous êtes dingo! On recommencera plus tard.

— Plus tard, c'est trop tard. Je recommence tout de suite.

— Mais comment cela, nom de D...?

— Vous ne savez pas chercher... Moi non plus. D'ailleurs il y a des spécialistes pour cela.

— Des spécialistes?

— À notre époque, tout se spécialise. Je connais des as de la perquisition. J'en appelle un.»

Il s'approcha du téléphone, saisit le récepteur.

«Allô...

— Qu'est-ce que vous faites, crebleu de crebleu?

— L'unique chose possible et raisonnable. Nous sommes dans la place. Il faut en profiter et ne partir qu'avec le magot. Allô, mademoiselle, veuillez me donner : Châtelet 24-00...

— Mais enfin, qui est-ce ?

— Un de mes amis. Les vôtres sont des gourdes, et vous vous défiez d'eux. Le mien est un as. En un tournemain il réglera la situation. Vous en resterez baba. Allô... Châtelet 24-00 ? Ah ! c'est vous, chef, ici, Marcos Avisto. Je suis au numéro 98 *bis* du boulevard Maillot, au second étage d'un hôtel particulier. Venez me rejoindre. La grille de la cour et la porte de l'hôtel sont ouvertes. Prenez deux autos et quatre ou cinq hommes, dont Larmonat... Vous trouverez en bas trois complices d'Arsène Lupin qui essaieront de rouspéter... Au second étage, Lupin, knock out, ficelé comme une momie. »

Victor s'arrêta un instant. De la main gauche, il tenait le récepteur. De la droite, il braqua un browning sur Bressacq, lequel s'élançait, les poings serrés.

« Pas de pétard, Lupin, s'écria Victor, ou je t'abats comme un chien. »

Il continua au téléphone :

« C'est bien compris, chef ! Dans trois quarts d'heure vous êtes ici. Et vous avez bien reconnu ma voix, n'est-ce pas ? Aucune erreur ? Oui, Marcos Avisto, c'est-à-dire... c'est-à-dire... »

Il fit une pause, sourit à Bressacq, salua la jeune femme, jeta son revolver à l'autre bout de la pièce :

« Inspecteur Victor, de la Brigade mondaine. »

CHAPITRE XII

LE TRIOMPHE DE LUPIN

1

Victor, de la Brigade mondaine ! Le fameux Victor qui, peu à peu, grâce à son exceptionnelle clairvoyance, avait démêlé l'écheveau embrouillé de l'affaire ! qui avait démasqué en vingt-quatre heures les trois premiers détenteurs de l'enveloppe jaune ! qui avait découvert le père Lescot ! qui avait traqué le baron d'Autrey et l'avait acculé au suicide ! qui avait déjoué les machinations de Félix Devalle ! C'était lui, sous l'apparence du Péruvien Marcos Avisto...

Bressacq supporta le choc sans un tressaillement. Il laissa Victor remettre le récepteur à sa place, réfléchit quelques secondes, et, à son tour, tira son revolver.

Alexandra, devinant le geste, s'était jetée sur lui, effarée :

« Non... non !... pas ça ! »

Il chuchota, la tutoyant pour la première fois :

« Tu as raison. D'ailleurs le résultat sera le même. »

Victor le nargua.

« Quel résultat, Bressacq ?

— Le résultat de notre lutte.

— Il est réglé d'avance, en effet, dit Victor, qui consulta sa montre. Deux heures et demie... J'estime que dans quarante minutes, mon chef, en l'espèce, M. Gautier, directeur de la Police judiciaire, escorté de quelques-uns de ses loustics, posera sa main sur l'épaule du sieur Lupin.

— Oui, mais d'ici là, mouchard ?...

— D'ici là ?

— Il passera de l'eau sous le pont.

— En es-tu certain?

— Presque aussi certain que toi. D'ici là, le sieur Victor... »

Bressacq se carrait, d'aplomb sur ses jambes, les bras croisés sur sa large poitrine, plus grand que son adversaire, et combien plus solide et plus vigoureux d'aspect que le vieil inspecteur au visage ridé et aux épaules arrondies !

« D'ici là, prononça Victor — et lui aussi revint au tutoiement —, d'ici là, tu resteras bien tranquille, mon bon Lupin... Oui, oui, ça te fait rire, un duel entre Victor et Lupin, et tu te sens rassuré maintenant que tu n'as plus affaire qu'à moi. Une chiquenaude, hein, et ce sera fini. Farceur, va ! Il ne s'agit pas de muscles aujourd'hui, ni de biceps, mais de cerveau. Or, vrai, sous ce rapport, Lupin, tu as été d'un faiblard, depuis trois semaines ! Quelle déchéance ! Comment, c'est ça ce fameux Lupin dont je me faisais un épouvantail ! Lupin l'invincible ! Lupin le géant ! Ah ! Lupin, je me demande si ce n'est pas la chance qui t'a favorisé jusqu'ici, et si toutes tes victoires et ta renommée ne viennent pas de ce que tu n'as jamais trouvé en face de toi un adversaire un peu d'aplomb !... comme moi !... comme moi ! »

Victor se frappait la poitrine, en répétant fortement ces deux mots :

« Comme moi ! comme moi ! »

Antoine Bressacq hocha la tête.

« Il est de fait que tu as rudement bien mené ta barque, policier. Toute ta comédie avec Alexandra... de premier ordre !... ton vol de l'agrafe... ton vol chez le receleur... excellent, tout cela !... Et la bousculade du Cambridge, la façon dont tu nous as sauvés !... Fichtre, comment me serais-je défié d'un pareil cabotin ! »

Bressacq tenait sa montre en main, et ne cessait de la regarder.

Victor lui dit, goguenard :

« Tu trembles, Lupin !

— Moi?

— Oui, toi! Actuellement tu arrives à crâner. Mais qu'est-ce que ça sera quand on va te prendre au collet!»

Victor pouffa de rire.

«Oui! Quelle frousse tu avais tout à l'heure! Et c'est ce que je voulais... te montrer que tu n'avais pas plus de cran qu'une femmelette. Et te le montrer en face d'Alexandra, dont tu te moquais! Hein! le coup de l'échelle évanouie?... Mais elle est à un mètre de distance, l'échelle, là où je l'ai repoussée en enjambant le balcon de la fenêtre... Ah! ce que tu as flanché à ce moment! La preuve, c'est que tu n'as pas réagi quand j'ai téléphoné, et que tu ne réagis pas à présent, et qu'en fin de compte tu vas essayer de fiche ton camp par la porte, sans les millions. »

Il frappa du pied et s'écria :

« Mais rebiffe-toi donc, flanchard! Voyons, ta maîtresse te regarde! Es-tu malade? Un peu ramolli, peut-être? Allons, un mot! un geste!»

Bressacq ne bronchait pas. Les sarcasmes de Victor lui semblaient indifférents, et l'on aurait même pu croire qu'il ne les entendait point. Ayant tourné les yeux vers Alexandra, il la vit qui était debout, le regard obstinément et fiévreusement fixé vers l'inspecteur Victor.

Une dernière fois, il consulta sa montre.

«Vingt-cinq minutes, dit-il entre ses dents. C'est beaucoup plus qu'il ne m'en faut.

— Beaucoup plus, dit Victor. Une minute pour descendre les deux étages, et une autre pour sortir de l'hôtel avec tes copains.

— Il m'en faudra une de plus, dit Bressacq.

— Pour quoi faire?

— Pour te corriger.

— Diable! la fessée?

— Non, un solide passage à tabac sous les yeux de ma maîtresse, comme tu dis. Quand la police arrivera, elle te trouvera quelque peu égratigné, quelque peu sanguinolent, bien ficelé...

— Et ta carte de visite clouée dans la gorge.

— Précisément, la carte d'Arsène Lupin... Respectons les traditions. Alexandra, aie l'obligeance d'ouvrir la porte. »

Alexandra ne bougea pas. Était-ce l'émotion qui la paralysait ?

Bressacq courut vers la porte, et tout de suite poussa un juron.

« Crebleu de crebleu, fermée à clef !

— Comment ! plaisanta Victor, tu ne t'étais pas aperçu que je la fermais ?

— Donne-moi la clef.

— Il y en a deux, celle-ci et celle de l'autre porte, au bout du couloir.

— Donne-moi les deux.

— Ce serait trop commode. Tu descendrais l'escalier et tu sortirais de la maison, comme un brave bourgeois qui s'en va de chez lui ? Non. Il faut que tu saches bien qu'entre toi et la sortie il y a une volonté, celle de Victor, de la Brigade mondaine. En dernier ressort, toute l'aventure est là, telle que je l'ai conçue et réalisée. Toi ou moi ! Lupin ou Victor ! Le jeune Lupin avec trois brutes de ses amis, un revolver, des poignards, une complice. Et le vieux Victor, tout seul, sans armes. Comme témoin de la bataille, comme arbitre du duel, la belle Alexandra. »

Bressacq avançait, implacable, le visage dur.

Victor ne remua pas d'une semelle. Il n'y avait plus de paroles à prononcer. Le temps pressait. Avant que la police n'intervînt, il fallait que le vieux Victor fût terrassé, châtié, et que les clefs lui fussent reprises.

Deux pas encore.

Victor se mit à rire.

« Vas-y donc ! N'aie pas pitié de mes cheveux blancs ! Allons, du courage !... »

Un pas de plus. Et soudain Bressacq fit un bond

sur son adversaire, et, du premier coup, de tout son poids, l'écrasa. Ils roulèrent sur le parquet, enlacés, et le duel prit aussitôt un caractère d'acharnement presque sauvage. Victor essayait de se dégager. L'étreinte de Bressacq semblait impossible à rompre.

Alexandra considérait la scène avec effroi, mais sans un mouvement, comme si elle n'avait pas voulu influer sur l'issue. Lui était-il égal que l'un fût vainqueur plutôt que l'autre? On eût dit qu'elle attendait de savoir, avec une avidité anxieuse.

L'incertitude ne dura guère. Malgré la supériorité physique de Bressacq, malgré l'âge de Victor, ce fut Victor qui se releva. Il n'était même pas essoufflé. Il souriait, l'air aimable contre son habitude. Et il fit des grâces, comme un lutteur de cirque qui a «tombé» son adversaire.

L'autre gisait, inerte, meurtri.

2

Le visage de la jeune femme trahit la stupeur qu'elle éprouvait devant un tel dénouement. Il était manifeste qu'elle n'avait pas envisagé un instant la défaite d'Antoine Bressacq, et que ce corps étendu lui paraissait un spectacle inconcevable.

«Ne vous inquiétez pas, dit Victor qui visitait les poches de Bressacq et en retirait les armes, revolver et poignard. C'est un coup de ma façon dont l'effet est immanquable... le poing entre dans la poitrine sans qu'il soit besoin de recul et d'élan. Aucune gravité, d'ailleurs... Seulement c'est douloureux, et ça vous détraque pendant une heure... Pauvre Lupin...»

Mais elle ne s'inquiétait pas. Elle avait déjà pris son parti de l'événement, et ne pensait plus qu'à ce qui pouvait advenir et aux intentions de cet étonnant individu qui la déconcertait une fois de plus.

«Qu'allez-vous faire de lui?

— Comment ? mais je vais le livrer. Dans un quart d'heure il aura les menottes.

— Vous ne ferez pas cela. Laissez-le partir.

— Non.

— Je vous en supplie.

— Vous me suppliez en faveur de cet homme... mais en votre faveur à vous ?

— Je ne demande rien, moi. Faites de moi ce qui vous plaira. »

Elle dit cela avec un calme étrange chez une femme qui frémissait de peur auparavant et que menaçait un danger si immédiat. Il y avait du défi, de l'arrogance même, dans ses yeux tranquilles.

Il s'approcha d'elle, et à voix basse :

« Ce qui me plaît ? C'est que vous partiez, vous, et sans une minute de retard.

— Non.

— Une fois mes chefs ici, je ne réponds pas de vous. Partez.

— Non. Toute votre conduite me prouve que vous agissez toujours à votre guise, en marge de la police, et même, contre elle, si cela vous est plus commode. Puisque vous me proposez la fuite, sauvez Antoine Bressacq. Sinon, je reste. »

Victor s'irrita.

« Vous l'aimez donc, lui ?

— La question n'est pas là. Sauvez-le.

— Non, non.

— Alors je reste.

— Partez !

— Je reste.

— Eh bien, tant pis pour vous ! s'écria-t-il rageusement. Mais il n'y a pas de force au monde qui puisse me contraindre à le sauver. Vous entendez ? Depuis un mois, je ne travaille qu'à cela ! Toute ma vie ne tend qu'à ce but... l'arrêter !... le démasquer !... De la haine contre lui ? Oui, peut-être, mais surtout un mépris exaspéré.

— Du mépris ? Pourquoi ?

« — Pourquoi ? je vais vous le dire, puisque vous n'avez jamais pressenti la vérité. Elle est si claire, cependant ! »

Bressacq s'était relevé, très pâle, le souffle court. Il retomba assis. On voyait qu'il ne pensait qu'à la fuite, et qu'il reconnaissait son irrémédiable défaite.

De ses deux mains, Victor saisit la tête de la jeune femme, et scanda, impérieusement :

« Ne me regardez pas... Ne m'interrogez pas de vos yeux avides... Ce n'est pas moi qu'il faut regarder... C'est lui... c'est l'homme que vous aimez, ou plutôt dont vous aimez la légende, la bravoure indomptable, les ressources toujours renouvelées. Mais regardez-le donc, au lieu de vous détourner de lui ! Regardez-le, et avouez qu'il vous a déçue. Vous attendiez mieux que cela, n'est-ce pas ? Un Lupin, ça vous a tout de même une autre allure ! »

Il riait, méchamment, le doigt braqué sur le vaincu.

« Un Lupin, est-ce que ça devrait se laisser jouer comme un gosse au maillot ? Ne parlons pas de ses gaffes depuis le début de l'affaire, de la façon dont je l'ai entortillé, à travers vous, d'abord, et puis directement, dans sa maison de Neuilly. Mais, ici, cette nuit, qu'est-ce qu'il a fait ? Depuis deux heures c'est un pantin que j'agite à ma guise, un polichinelle ! Ça, un Lupin ? Un épicier, oui, qui établit son bilan. Pas une lueur ! pas une idée ! Tandis que je le manœuvrais, tandis que je faisais monter la peur en lui, il bafouillait comme un imbécile. Regardez-le donc, votre Lupin en peau de lapin. Parce que je lui ai chatouillé l'estomac, le voilà blême comme s'il allait vomir ! La défaite ? Mais jamais Lupin, le véritable Lupin, n'accepta la défaite. C'est quand il est foutu qu'il se redresse. »

Victor se redressait, lui. Il était soudain de taille plus haute.

Toute proche, frémissante, Alexandra chuchota :

« Qu'est-ce que vous voulez dire ? De quoi l'accusez-vous ?

— C'est vous qui l'accusez.

— Moi ?... Moi ?... Je ne comprends pas...

— Si. La vérité commence à vous étreindre... Croyez-vous vraiment que cet homme ait la grandeur que vous lui avez attribuée ? Est-ce celui-là que vous aimiez, ou un autre plus grand... un véritable chef, qui ne peut pas être cet aventurier vulgaire ? Un chef, ajouta-t-il, en se frappant la poitrine, ça se reconnaît à certains signes ! Un chef demeure chef dans n'importe quelle situation ! Comment avez-vous pu être aveugle à ce point ?

— Qu'est-ce que vous voulez dire ? répéta-t-elle avec égarement. Si je me suis trompée, dites-le. Quoi ? Qui est-il ?

— Antoine Bressacq.

— Et Antoine Bressacq, qui est-ce ?

— C'est Antoine Bressacq, pas davantage.

— Mais si ! il y a un autre homme en lui ! Quel est-il ?

— Un voleur ! s'exclama Victor violemment. Un voleur de nom et de personnalité ! Quand on n'a que de petits moyens et qu'un esprit médiocre, c'est plus commode de flibuster une gloire toute faite ! Du jour au lendemain, on a de l'éclat ! On jette de la poudre aux yeux ! On insinue dans l'ombre à une femme : "Je suis Lupin", et, si cette femme est démolie par la vie, et qu'elle soit en quête d'émotions, qu'elle cherche quelque chose d'extraordinaire et d'impossible, alors on joue le rôle de Lupin, comme on peut, plutôt mal que bien, jusqu'au jour où les événements vous dégonflent et vous jettent par terre comme un mannequin. »

Elle murmura, rouge de honte :

« Oh ! est-ce possible ?... Vous en êtes sûr ?...

— Tournez la tête vers lui, comme je vous en conjure depuis le début, et vous serez sûre, vous aussi... »

Elle ne tourna pas la tête. La réalité s'imposait à elle. Et c'est Victor qu'elle considérait de ses yeux

174

ardents, comme si d'autres pensées, involontaires et confuses, l'envahissaient peu à peu.

« Allez-vous-en, dit-il. Les hommes de Bressacq doivent vous connaître et vous laisseront passer... Sinon, l'échelle est à ma portée...

— À quoi bon! dit-elle. J'aime mieux attendre.

— Attendre quoi? La police?

— Tout m'est égal, dit-elle accablée. Cependant... une prière.

— Laquelle?

— Les trois hommes, en bas, ce sont des brutes... Quand les agents arriveront, il pourrait y avoir une bataille... des victimes... Il ne faut pas... »

Victor observa Bressacq qui paraissait toujours souffrir, incapable d'un effort. Alors il ouvrit la porte, courut jusqu'au bout du couloir, puis siffla. Un des trois hommes grimpa précipitamment.

« Décampez en vitesse... la police!... Et surtout, en vous en allant, laissez ouverte la grille du jardin. »

Puis il revint dans le bureau.

Bressacq n'avait pas bougé.

Alexandra ne s'était pas approchée de lui.

Aucun regard entre eux. Deux étrangers.

Il s'écoula deux ou trois minutes. Victor écoutait.

Un bruit de moteur gronda. Une auto s'arrêta sur le boulevard, devant l'hôtel, et une seconde auto.

Alexandra s'agrippait au dossier du fauteuil et ses ongles griffaient l'étoffe. Elle était livide, maîtresse d'elle cependant.

Des voix retentirent au rez-de-chaussée. Puis, le silence.

Victor chuchota:

« M. Gautier et ses agents ont pénétré dans les chambres. Ils délivrent les gardiens et le Grec. »

À ce moment, Antoine Bressacq trouva la force de se lever et de marcher jusqu'à Victor. Son visage était décomposé par la souffrance plus peut-être que par la peur. Il balbutia, en désignant Alexandra:

« Que va-t-elle devenir?

175

— T'occupe pas de ça, ex-Lupin. Ce n'est plus ton affaire. Ne pense qu'à toi. Bressacq est un faux nom, n'est-ce pas?

— Oui.

— Le vrai, on peut le retrouver?

— Impossible.

— Pas de crime?

— Non. Sauf le coup de couteau à Beamish. Et encore rien n'atteste que ce soit moi.

— Des cambriolages?

— Aucune preuve solide.

— Bref, quelques années de prison.

— Pas davantage.

— Tu les mérites. Et après?... De quoi vivre?

— Les Bons de la Défense.

— La cachette où tu les as mis est bonne?»

Bressacq sourit.

«Meilleure que celle de d'Autrey, dans le taxi. Introuvable.»

Victor lui tapota sur l'épaule.

«Allons, tu t'arrangeras. Tant mieux. Je ne suis pas méchant, moi. Tu m'as dégoûté pour avoir volé le joli nom de Lupin et rabaissé à ton niveau un bonhomme de sa taille. Ça, je ne le pardonne pas, et c'est pourquoi je te fais coffrer. Mais, en raison de ton coup d'œil dans cette affaire du taxi, et si tu ne bavardes pas trop à l'instruction, je ne te chargerai pas.»

Des voix s'élevaient au bas de l'escalier.

«Ce sont eux, dit Victor. Ils fouillent le vestibule, et ils vont monter.»

Il semblait transporté d'une joie soudaine, et, à son tour, il se mit à danser avec une agilité surprenante. Et c'était si comique, ce vieux monsieur distingué, à cheveux gris, qui lançait des entrechats, et ricanait:

«Tiens, mon cher Antoine, voilà ce qui s'appelle un pas à la Lupin! Rien de commun avec tes gambades de tout à l'heure! Ah! C'est qu'il faut avoir le

176

feu sacré, l'exaltation d'un vrai Lupin qui entend la police, qui est seul, entouré d'ennemis, et à qui l'on pourrait crier devant les flics : "C'est lui, Lupin ! Il n'y a pas de Victor, de la Brigade mondaine. Il n'y a pas que Lupin. Lupin et Victor, ça ne fait qu'un. Si vous voulez arrêter Lupin, arrêtez Victor." »

Il s'immobilisa subitement devant Bressacq et lui dit :

« Tiens, je te pardonne. Rien que pour m'avoir procuré une minute comme celle-là, je réduis ta peine à deux ans, à un an de prison. Dans un an "je t'évade". D'accord ? »

Bressacq balbutia, abasourdi :

« Qui êtes-vous ?

— Tu l'as dit, bouffi.

— Hein ? quoi ? vous n'êtes pas non plus Victor ?

— Il y a bien eu un Victor Hautin, fonctionnaire colonial, et candidat au poste d'inspecteur de la Sûreté. Mais il est mort, me laissant ses papiers au moment même où je voulais m'amuser à jouer, de temps à autre, un rôle dans la police. Seulement, pas un mot là-dessus, hein. Laisse-toi traiter de Lupin, ça vaut mieux. Et puis ne parle pas de ton petit hôtel de Neuilly, et pas un mot contre Alexandra. Compris ? »

Les voix approchaient. Et, au-delà de ces voix, on en entendait d'autres, moins distinctes.

Victor, qui allait au-devant de M. Gautier, jeta à la jeune femme en passant :

« Dissimulez votre visage derrière votre mouchoir. Et surtout ne craignez rien.

— Je ne crains rien. »

M. Gautier accourait, escorté de Larmonat et d'un agent. Il s'arrêta sur le seuil et contempla le spectacle avec satisfaction.

« Eh bien, Victor, ça y est ? s'écria-t-il joyeusement.

— Ça y est, chef.

— C'est Lupin, cet individu ?

— En personne, sous le nom d'Antoine Bressacq. »

M. Gautier contempla le captif, lui sourit aimablement, et enjoignit à l'agent de lui passer le cabriolet de fer.

«Crebleu! ça fait plaisir, murmurait-il. L'arrestation d'Arsène Lupin: le fameux, l'universel, l'invincible Arsène Lupin, pris au piège, coffré! La police triomphante! Ce n'est pas de règle avec Lupin. Mais c'est ainsi, Arsène Lupin est arrêté par Victor, de la Brigade mondaine. Fichtre! c'est une date que celle d'aujourd'hui! Victor, il a été bien sage, le monsieur?

— Comme un agneau, chef.

— Il a l'air un peu délabré.

— On s'est un peu battu. Mais ce n'est rien.»

M. Gautier se tourna vers Alexandra, qui était courbée, le mouchoir contre les yeux

«Et cette femme, Victor?

— La maîtresse et la complice de Lupin.

— La dame du cinéma? La femme de *La Bicoque* et de la rue de Vaugirard?

— Oui, chef.

— Mes compliments, Victor. Quel coup de filet! Vous me raconterez ça en détail. Quant aux Bons de la Défense, évanouis sans aucun doute? mis en sûreté par Lupin?

— Je les ai dans ma poche», annonça Victor en tirant d'une enveloppe les neuf Bons de la Défense.

Bressacq avait bondi sur place, bouleversé. Il apostropha Victor.

«Salaud!

— À la bonne heure! fit Victor. Voilà enfin que tu réagis! Cachette introuvable, disais-tu? une ancienne canalisation dans ta villa... tu appelles ça introuvable? Enfant, va! La première nuit, je l'avais découverte.»

Il s'avança vers Antoine Bressacq, et, tout bas, de manière à n'être entendu que de lui:

«Tais-toi... Je te revaudrai ça... Sept ou huit mois de prison, pas davantage... et, à la sortie, une bonne pension cent pour cent d'ancien combattant, et un bureau de tabac. Ça colle ? »

Cependant, les autres agents arrivaient. Ils avaient délivré le Grec, et celui-ci, soutenu par ses deux gardiens, agitait les bras et criait.

Quand il aperçut Bressacq, tout de suite il s'exclama :

« Je le reconnais ! Voilà celui qui m'a frappé et bâillonné ! Je le reconnais ! »

Mais il s'arrêta, frappé d'horreur. On dut le soutenir. La main tendue vers l'étagère aux souvenirs, il bégayait :

« Ils m'ont volé les dix millions ! L'album de timbres-poste ! Une collection sans prix ! Je pouvais la revendre pour dix millions. Vingt fois on me les a offerts… Et c'est lui, c'est lui !… Qu'on le fouille !… Misérable !… Dix millions !… »

3

On fouilla Bressacq qui, dans son désarroi, n'opposa aucune résistance.

Victor sentait peser sur lui deux regards obstinés, celui d'Alexandra qui avait écarté son mouchoir et relevé la tête, et celui de Bressacq qui le contemplait avec stupeur. Les dix millions disparus… Mais, en ce cas ?… La pensée de Bressacq se précisait en lui, et il bredouilla quelques mots, comme s'il était sur le point de la formuler à haute voix, cette pensée accusatrice, et de se défendre, et de défendre Alexandra.

Mais les yeux de Victor, fixés sur Bressacq, étaient si impérieux, il subissait si profondément l'influence de cet homme, qu'il garda le silence. Avant d'accuser, il fallait réfléchir. Il fallait comprendre, et il n'arrivait pas à comprendre comment les dix millions avaient disparu puisque lui seul avait cherché, qu'il n'avait rien découvert, et que Victor n'avait pas bougé.

Victor hocha la tête et déclara :

« Les affirmations de M. Sériphos m'étonnent. J'accompagnais ici Antoine Bressacq, dont je m'étais fait l'ami, et n'ai cessé de le surveiller durant ses recherches. Or, il n'a rien trouvé.

— Cependant...

— Cependant Bressacq avait trois complices qui se sont enfuis, et dont j'ai le signalement. Sans doute est-ce eux qui, au préalable, ont emporté l'argent, ou plutôt cet album dont parle M. Sériphos. »

Bressacq haussa les épaules. Il savait bien que ses trois complices n'avaient pas pénétré dans cette pièce. Pourtant il ne dit rien. Il n'y avait rien à faire. D'une part, la justice et toute sa puissance... de l'autre, Victor. Il choisit Victor.

Ainsi, à trois heures et demie du matin, tout était fini. On remit à plus tard les investigations. M. Gautier décida d'emmener Antoine Bressacq et sa maîtresse à la Police judiciaire pour les interroger sans délai.

On téléphona au commissariat de Neuilly. La pièce fut fermée, deux agents restèrent dans l'hôtel avec les gardiens et le Grec Sériphos.

M. Gautier et deux inspecteurs firent monter Bressacq dans une des automobiles de la Préfecture. Victor, accompagné de Larmonat et d'un autre agent, se chargèrent de la jeune femme.

L'aube commençait à blanchir l'horizon lorsqu'ils partirent sur le boulevard Maillot. L'air piquait, très vif.

On traversa le Bois, et, par l'avenue Henri-Martin, on gagna les quais. La première automobile avait pris un autre chemin.

Alexandra, renfoncée dans l'encoignure, demeurait invisible, toujours masquée de son mouchoir. Placée près d'une fenêtre ouverte, elle frissonna de froid. Victor remonta la glace, puis, plus tard, comme on approchait de la Préfecture, il enjoignit au chauffeur d'arrêter, et dit à Larmonat :

« On gèle… On pourrait bien se réchauffer. Qu'en penses-tu ?

— Ma foi, oui.

— Va donc nous chercher deux bols de café. Moi, je ne bouge pas. »

Des voitures de maraîchers, qui se rendaient aux Halles, stationnaient devant un marchand de vins, dont la porte était entrebâillée. Larmonat descendit vivement. Aussitôt après, Victor envoya aussi l'autre inspecteur.

« Recommande à Larmonat d'apporter en même temps des croissants. Et qu'on se dépêche ! »

Il poussa la glace qui le séparait du chauffeur, allongea le bras, et, lorsque le chauffeur se retourna, il l'étourdit d'un terrible coup de poing sous le menton. Ensuite, il ouvrit la portière du côté opposé au trottoir, remonta dans l'auto par la portière d'avant, saisit le chauffeur évanoui, l'attira hors de la voiture, le déposa sur le pavé, et prit sa place au volant.

Le quai était désert. Personne ne vit la scène.

Il démarra de nouveau, rapidement.

L'auto fila par la rue de Rivoli et l'avenue des Champs-Élysées, et reprit la route de Neuilly, jusqu'à l'avenue du Roule où se trouvait le petit hôtel de Bressacq.

« Vous avez la clef ?

— Oui, dit Alexandra, qui semblait fort calme.

— Vous pouvez habiter là durant deux jours sans aucune crainte. Ensuite, réfugiez-vous chez une amie quelconque. Plus tard, vous gagnerez l'étranger. Adieu. »

Il s'éloigna, toujours dans l'auto de la Préfecture.

À ce moment, le directeur de la Police judiciaire était déjà prévenu de l'incroyable conduite de Victor et de sa fuite en compagnie de la captive.

On se rendit à son domicile. Le vieux domestique

en était parti, le matin, avec son maître et quelques colis, dans l'auto de la Préfecture, évidemment.

Cette auto, on la retrouva, abandonnée, au milieu du Bois de Vincennes.

Qu'est-ce que cela voulait dire ?

Les journaux du soir racontèrent toute l'aventure sans émettre la moindre hypothèse vraisemblable.

Ce n'est que le lendemain que l'énigme fut résolue par le fameux message d'Arsène Lupin que communiqua l'Agence Havas au monde entier, et qui produisit une telle explosion de joie et de scandale.

En voici l'exacte teneur :

MISE AU POINT

« Je dois avertir le public que le rôle de l'inspecteur Victor, de la Brigade mondaine, est terminé. En ces derniers temps, et touchant l'affaire des Bons de la Défense, ce rôle consista surtout à poursuivre Arsène Lupin, ou plutôt, car la justice et le public ne doivent pas être tenus plus longtemps dans l'ignorance, à démasquer un sieur Antoine Bressacq qui avait usurpé le nom respectable et la brillante personnalité d'Arsène Lupin. Victor, de la Brigade mondaine, s'y employa avec une vigueur haineuse qui prouve sa révolte contre de tels procédés.

« Aujourd'hui, grâce à Victor, le pseudo-Lupin est sous les verrous, et Victor, de la Brigade mondaine, sa mission accomplie, disparaît.

« Mais il n'admet pas que sa parfaite honorabilité de policier puisse être entachée de la moindre souillure, et, poussant les scrupules de sa conscience à un point qui forcera l'admiration, il n'a pas voulu conserver par-devers lui les neuf Bons de la Défense nationale, et il les a remis entre mes mains, avec mission de les envoyer à la Préfecture.

« Quant à la découverte des dix millions, c'est là, de sa part, un exploit dont il faut que l'on soit informé dans ses détails, si on veut connaître toutes les ressources et toute l'ingéniosité d'un homme qui, assis sur sa chaise et sans prendre la peine de faire un mouvement, débrouilla un problème étrangement difficile. Un des dossiers de M. Sériphos portait cette mention, qui avait guidé les recherches d'Antoine Bressacq : "Dossier A. L. B.", ce que Bressacq avait interprété ainsi : "Dossier d'Albanie." Or, lorsque Bressacq, possesseur de certaines indications, fit à haute voix, l'autre nuit, l'inventaire de la pièce du deuxième étage, dans l'hôtel du boulevard Maillot, il énuméra, parmi les souvenirs pieusement conservés : "Album d'images... album de timbres-poste". Et, chose en vérité miraculeuse, ces quelques mots suffirent à éclairer l'esprit attentif de Victor, de la Brigade mondaine !

« Oui, tout de suite, Victor devina que l'interprétation d'Antoine Bressacq était fausse, que ces trois lettres A. L. B. devaient être et ne pouvaient être que les trois premières lettres du mot album. Les dix millions qui composaient la moitié de la fortune de M. Sériphos n'étaient pas contenus dans un dossier Albanie, mais tout simplement dans un album d'enfant, et sous la forme d'une collection de timbres-poste rarissimes, ayant une valeur marchande de dix millions. N'est-ce pas inouï comme intuition, comme coup d'œil instantané sur les profondeurs d'un mystère ? Un simple geste, effectué par Victor, dans le tumulte de la bataille et dans l'incohérence des allées et venues, et l'album de timbres-poste fut pris et empoché, à l'insu de tous.

« Ce geste ne conférait-il pas à Victor, de la Brigade mondaine, un droit incontestable sur les dix millions ? Selon moi, oui. Non, selon Victor, dont la conscience est faite de délicatesse et de raffinement sentimental. Il a donc tenu à me remettre, en même temps que les Bons de la Défense, l'album de timbres-poste, gardant ainsi ses mains nettes de toute flétrissure professionnelle.

«Je renvoie par courrier — car c'est là une dette sacrée — les Bons de la Défense à M. Gautier, directeur de la Police judiciaire, en lui transmettant toute la reconnaissance de l'inspecteur Victor. Pour les dix millions, étant donné que M. Sériphos est puissamment riche, et qu'il les conservait indûment sous les espèces d'une inutile collection de timbres-poste, je considère que je dois les rendre moi-même à la circulation jusqu'au dernier centime. C'est un devoir dont je m'acquitterai dans des conditions de stricte loyauté. Jusqu'au dernier centime…

«Un mot encore. Je crois savoir que si Victor, de la Brigade mondaine, a mené la bataille avec tant de rude énergie, c'est par courtoisie — je dirais plus — par un élan chevaleresque envers la dame qu'il avait admirée, dès les premiers jours, au cinéma, et qui était la victime de l'imposteur Antoine Bressacq, lequel avait fait jouer à ses yeux le nom d'Arsène Lupin. Aussi m'a-t-il semblé juste de la rendre à sa vie de grande dame et de parfaite honnête femme. C'est pourquoi je l'ai libérée. Qu'elle veuille bien, dans la retraite inviolable où elle s'est réfugiée, trouver ici, avec les adieux de Victor, de la Brigade mondaine, et du Péruvien Marcos Avisto, les sentiments respectueux d'

«ARSÈNE LUPIN. »

Le lendemain du jour où la lettre fut écrite, le directeur de la Police judiciaire recevait, sous pli recommandé, les neuf Bons de la Défense. Une feuille de papier supplémentaire donnait à la police de brèves explications sur la mort d'Élise Masson, assassinée par le baron d'Autrey.

On n'entendit jamais plus parler des dix millions qu'Arsène Lupin s'était réservé de rendre lui-même à la circulation.

Le jeudi suivant, vers deux heures de l'après-midi, la princesse Alexandra Basileïef quittait l'appartement d'une amie à qui elle avait demandé asile, se promenait assez longtemps dans le jardin des Tuileries, puis prenait la rue de Rivoli.

Elle était vêtue simplement mais, comme toujours, son étrange et merveilleuse beauté attirait les regards. Elle ne les fuyait pas. Elle ne se cachait pas. Qu'avait-elle à craindre ? Nul de ceux qui pouvaient la soupçonner ne la connaissait. Ni l'Anglais Beamish ni Antoine Bressacq ne l'avaient dénoncée.

À trois heures, elle entrait dans le petit square Saint-Jacques.

Sur un des bancs, à l'ombre de la vieille tour, un homme était assis.

Elle hésita d'abord. Était-ce lui ? Il ressemblait si peu au Péruvien Marcos Avisto, si peu à Victor de la Brigade mondaine ! Combien plus jeune et plus élégant que Marcos Avisto ! Combien plus fin, plus souple et plus distingué que le policier Victor ! Cette jeunesse, cet air de séduction aimable, la troublèrent plus que tout.

Pourtant elle avança. Leurs yeux se rencontrèrent. Elle ne s'y trompa pas : c'était bien lui. C'était un autre homme, mais c'était lui. Elle s'assit à ses côtés, sans une parole.

Ils restèrent ainsi, l'un près de l'autre, silencieux. Une émotion infinie les unissait et les séparait, et ils avaient peur d'en rompre le charme.

Enfin, il dit :

« Oui, c'est la première vision que j'ai eue de vous au cinéma, qui a réglé ma conduite. Si j'ai poursuivi toute cette aventure, c'est pour courir après mon adorable vision. Mais comme j'ai souffert de ce double rôle que j'étais contraint de jouer pour vous approcher ! Quelle vilaine comédie ! Et puis, cet homme m'exaspérait... Je le détestais, et en même temps, je sentais grandir en moi un sentiment de curiosité et de tendresse pour la femme qu'il avait dupée avec mon nom... un sentiment mêlé d'irritation contre elle, et qui n'était, au fond, que l'amour, grave et passionné, que je n'avais pas le droit de vous offrir et que je vous offre aujour-d'hui. »

Il s'interrompit. Il n'attendait pas de réponse… il ne voulait pas de réponse, même. Après avoir parlé pour lui et pour dire ce qu'il pensait, il parla pour elle, sans qu'elle songeât un instant à s'opposer aux douces paroles qui s'insinuaient en elle.

« Ce qui me touchait le plus profondément en vous, et qui me montrait un peu de votre état d'âme, c'est votre confiance instinctive. Je la volais, cette confiance, et j'en étais honteux. Mais elle venait vers moi, à votre insu, et pour des raisons secrètes, dont vous ne vous rendiez pas compte… pour une raison surtout… le besoin de protection qui est le fond de votre être. Vous n'étiez pas protégée par l'autre… Cette sensation du danger qui vous est indispensable par moments, elle devenait près de lui une angoisse que vous ne pouviez plus tolérer. Auprès de moi, et dès la première minute, tout en vous se calmait. Tenez, l'autre nuit, au plus fort de votre épouvante, vous vous êtes détendue, et vous n'avez plus souffert dès que l'inspecteur Victor eût imposé sa volonté. Et, à partir de l'instant où vous avez deviné qui était réellement l'inspecteur Victor, vous avez su que vous n'iriez pas en prison. Et vous avez attendu la police, sans crainte. Et vous êtes montée dans l'auto de la Préfecture presque en souriant. Il n'y avait plus que de la joie dans votre peur… Et votre joie provenait du même sentiment que moi, n'est-ce pas ? d'un sentiment qui paraissait s'éveiller brus-quement, mais dont vous subissiez déjà toute la force… N'est-ce pas ? Je ne me trompe pas ? tout cela est bien la vérité de votre cœur ? »

Elle ne protesta point. Elle n'avoua pas non plus. Mais quelle tranquillité sur son beau visage !…

Jusqu'au soir ils demeurèrent l'un près de l'autre. À la nuit tombante, elle se laissa conduire… elle ne savait où…

Ils furent heureux.

Si Alexandra retrouva son équilibre, peut-être ne parvint-elle pas à une conception tout à fait normale de la vie, et peut-être surtout n'essaya-t-elle pas d'influer sur l'existence irrégulière de son compagnon. Mais il était, ce compagnon, si aimable dans son irrégularité, si amusant dans ses écarts, si loyal dans ses entreprises condamnables, si fidèle à ses engagements les plus saugrenus!

Ainsi voulut-il tenir la promesse faite à Bressacq, qu'il «évada», comme il disait, au bout de huit mois, alors que Bressacq quittait pour le bagne le pénitencier de l'île de Ré. Ainsi voulut-il également délivrer l'Anglais Beamish, conformément à la promesse de Bressacq.

Un jour, il se rendit à Garches. Deux nouveaux mariés sortaient de la mairie, tendrement enlacés. C'était Gustave Géraume, libéré par le divorce de son infidèle épouse, et c'était la baronne Gabrielle d'Autrey, veuve consolée, fiancée amoureuse et palpitante, qui se suspendait gentiment au bras de son cher Gustave.

Comme ils allaient monter dans leur luxueuse «conduite intérieure», un monsieur fort élégant s'approcha d'eux, s'inclina devant la mariée, et lui remit une belle gerbe de fleurs blanches.

«Vous ne me reconnaissez pas, chère madame? C'est moi, Victor, vous vous rappelez sans doute?... Victor, de la Brigade mondaine, autrement dit, Arsène Lupin?... Artisan de votre bonheur, ayant deviné l'impression charmante que vous avait laissée Gustave Géraume, j'ai voulu vous apporter mes hommages respectueux et mes vœux les plus sincères...»

Le soir même, le monsieur très élégant disait à la princesse Alexandra:

«Je suis content de moi. Il faut faire le bien chaque fois qu'on le peut, pour compenser le mal qu'on est parfois obligé de faire. Je suis sûr, Alexandra, que l'attendrissante Gabrielle n'oubliera pas dans ses prières ce brave homme de Victor, de la Brigade mondaine, grâce auquel l'abominable d'Autrey a été expédié dans un meilleur monde, laissant la place à l'irrésistible et séduisant Gustave. Et, de tout cela, vous ne sauriez croire à quel point je me réjouis!... »

Table

Composition réalisée par NORD COMPO

Imprimé en France sur Presse Offset par

BRODARD & TAUPIN

GROUPE CPI

La Flèche (Sarthe).
N° d'imprimeur : 7517 – Dépôt légal Édit. 12017-05/2001
LIBRAIRIE GÉNÉRALE FRANÇAISE - 43, quai de Grenelle - 75015 Paris.
ISBN : 2 - 253 - 00389 - 1